a ilha
no fim de tudo

Kiran Millwood Hargrave

a ilha no fim de tudo

Tradução
Jacqueline Damásio Valpassos

JANGADA

Título do original: *The Island at the End of Everything.*
Copyright © 2017 Chicken House Publishing Ltd.
Copyright do Texto © 2017 Kiran Millwood Hargrave
A autora se reserva os direitos morais de autor.

Originalmente publicado em inglês em 2017 sob o título *The Island at The End of Everything* por The Chicken House, 2 Palmer Street, Frome, Somerset, BA11 1DS.
Copyright da edição brasileira © 2021 Editora Pensamento-Cultrix Ltda.
1ª edição 2021.

Todos os direitos reservados. Nenhuma parte desta obra pode ser reproduzida ou usada de qualquer forma ou por qualquer meio, eletrônico ou mecânico, inclusive fotocópias, gravações ou sistema de armazenamento em banco de dados, sem permissão por escrito, exceto nos casos de trechos curtos citados em resenhas críticas ou artigos de revistas.

A Editora Jangada não se responsabiliza por eventuais mudanças ocorridas nos endereços convencionais ou eletrônicos citados neste livro.

Esta é uma obra de ficção. Todos os personagens, organizações e acontecimentos retratados neste romance, são produtos da imaginação do autor e usados de modo fictício.

Design interior e da capa de Helen Crawford-White.
Editor: Adilson Silva Ramachandra
Editora de texto: Denise de Carvalho Rocha
Gerente editorial: Roseli de S. Ferraz
Preparação de originais: Karina Gercke
Gerente de produção editorial: Indiara Faria Kayo
Editoração eletrônica: S2 Books
Revisão: Erika Alonso

Dados Internacionais de Catalogação na Publicação (CIP)
(Câmara Brasileira do Livro, SP, Brasil)

Hargrave, Kiran Millwood

Ilha no fim de tudo / Kiran Millwood Hargrave ; tradução Jacqueline Damásio Valpassos. -- 1ª. ed. -- São Paulo : Editora Pensamento Cultrix, 2021.

Título original: The Island at the End of Everything.
ISBN 978-65-5622-012-3

1. Ficção - Literatura infantojuvenil 2. Literatura juvenil I. Título.

21-56571 CDD-028.5

Índices para catálogo sistemático:
1. Ficção : Literatura infantojuvenil 028.5
2. Ficção : Literatura juvenil 028.5
Aline Graziele Benitez - Bibliotecária - CRB-1/3129

Jangada é um selo editorial da Pensamento-Cultrix Ltda.

Direitos de tradução para o Brasil adquiridos com exclusividade pela EDITORA PENSAMENTO-CULTRIX LTDA., que se reserva a propriedade literária desta tradução.
Rua Dr. Mário Vicente, 368 — 04270-000 — São Paulo, SP
Fone: (11) 2066-9000
http://www.editoracultrix.com.br
E-mail: atendimento@editoracultrix.com.br
Foi feito o depósito legal.

MENSAGEM DA CHICKEN HOUSE

O segundo romance de Kiran não é, na realidade, a história sobre uma ilha – ou mesmo sobre borboletas, ou sobre como uma terrível doença foi mal compreendida e maltratada. Trata-se de uma jornada incrível, sobre como a beleza e o amor fazem a diferença para um grupo de crianças que precisam lutar por suas crenças – apesar dos adultos que querem lhes dizer o que é melhor para elas. A escrita de Kiran é bela, emocionante e memorável: faz você desejar permanecer em seu mundo para sempre.

BARRY CUNNINGHAM
Editor
Chicken House

Para o meu marido.

Da mesma autora de
A Garota que Lia as Estrelas.

"O mundo não perecerá por falta de maravilhas, mas por falta de maravilhamento."

J. B. S. Haldane

GLOSSÁRIO

Nanay   Mãe
Ama   Pai
Lolo   Avô
Gumamela   *Hibiscus*, um tipo de flor comum nas Filipinas
Tadhana   Destino
Takipsilim   Crepúsculo
Habilin   Algo dado a alguém para oferecer proteção
Lihim   Segredo
Diwata   Espíritos guardiões, em geral da natureza
Pitaya   Fruta-dragão
Pahimakas   Último adeus

ILHA CULION, FILIPINAS
1906

Existem alguns lugares que você não gostaria de visitar. Mesmo se eu lhe dissesse que temos mares límpidos e azuis como o céu do verão, cheios de tartarugas marinhas e golfinhos, ou colinas cobertas por florestas exuberantes onde o som dos pássaros corta o ar denso de calor. Mesmo que você soubesse quão belo é o silêncio aqui, claro e nítido como o soar de uma campânula de cristal. No entanto, ninguém vem para cá porque quer.

Minha *nanay* me contou que foi assim que eles a trouxeram, mas diz que é sempre a mesma coisa, não importa quem você é ou de onde é.

De sua casa, você viaja a cavalo ou a pé e depois em um barco. Os homens que remam cobrem o nariz e a boca com panos recheados com ervas, para evitarem respirar o mesmo ar que você exala. Eles não o ajudarão a subir no barco, apesar da dor de cabeça que sente e, de duas semanas antes, suas pernas terem começado a doer e depois a perder a sensibilidade. Talvez você tropece na direção deles, e se esquivem. Prefeririam deixá-lo passar por eles se debatendo no ar tentando recobrar o equilíbrio e acabar caindo no mar do que tocá-lo. Você se senta e se agarra à sua trouxa de coisas, o que você salvou da sua casa antes de ela ser incendiada. Roupas, uma boneca, alguns livros, cartas de sua mãe.

De alguma forma, é sempre crepúsculo quando você se aproxima. A ilha muda de um ponto escuro para um paraíso verde no horizonte. No alto de um penhasco encimado por uma cruz, que se debruça sobre o mar, há um campo de flores brancas, dispostas em estranhas curvas. É só quando está mais perto que você percebe que elas traçam os contornos de uma águia, e é só quando está bem próximo que você vê que a águia é formada por pedras. É aí que o seu coração endurece no peito, como pétalas transformando-se em cascalho. Nanay diz que o significado da águia branca é conhecido em todas as ilhas vizinhas, e mesmo por todos os lugares fora do nosso mar. Significa: *afaste-se. Não venha para cá a menos que você não tenha escolha.*

O dia está escurecendo quando você entra no porto. Quando sai do barco, as estrelas estão firmando suas luzinhas. Alguém estará lá para recebê-lo. Essa pessoa compreende.

Os homens que o trouxeram logo partem, embora estejam cansados. Não falaram com você nos dias ou horas que passou com eles. O ruído dos remos batendo na água aos poucos é abafado pelo som das ondas quebrando na praia. Eles incendiarão o barco quando retornarem, assim como fizeram com a sua casa.

Você olha para a pessoa que o recebeu. Você está mudado agora. Como flores tornando-se pedras, o dia virando noite. Você sempre será mais soturno, entristecido, marcado. Tocado.

Nanay diz que, nos Lugares Lá Fora, eles têm muitos nomes para o nosso lar. A ilha dos mortos-vivos. A ilha sem retorno. A ilha no fim de tudo.

Você está em Culion, onde os mares são azuis e límpidos como o céu de verão. Culion, onde as tartarugas marinhas fazem ninhos nas praias e as árvores são carregadas de frutas.

Culion, ilha dos leprosos. Bem-vindo ao seu novo lar.

A VISITA

Eu sou mais sortuda do que a maioria. Como nasci aqui, nunca conheci os xingamentos, as cuspidas na rua. Minha *nanay* já estava me carregando no ventre quando foram buscá-la, embora ela não houvesse descoberto até descer do barco um mês após sair de casa e sentir uma vibração na barriga, como um bater de asas. Era eu, crescendo.

Nanay foi uma das primeiras a chegar, trazida antes mesmo da águia. Ela ajudou a construi-la quando eu era pequena, e mal acabara de nascer, enrolada firmemente às suas costas. Quando arrancaram da praia as rochas de coral branqueadas pelo sol elas eram apenas pedras. Agora, são um pássaro.

Eu falo isso para Nanay quando ela está assustada, o que ocorre com frequência, embora ela tente esconder. *Veja*, digo-lhe, *o pássaro é todo feito de pedra cor de osso, e é lindo*. O que quero dizer é que, mesmo que seu corpo derreta até os ossos, ela continua bonita. Nanay responde:

Mas o significado desse pássaro não é tão belo, não é? É o símbolo do Departamento de Saúde. Significa que somos uma ilha amaldiçoada, uma ilha insalubre.

Eu gostaria que ela, às vezes, não tornasse as coisas tristes, assim, tão de imediato.

Eu já notei que os adultos costumam ver as coisas pelo lado ruim. Na escola, as lições da irmã Clara estão cheias de pecados e demônios, não de amor e bondade como as aulas da irmã Margaritte, embora ambas estejam nos ensinando sobre Deus e a Igreja. A irmã Margaritte é a freira mais importante na ilha, e também a mais amável, por isso optei por dar ouvidos a ela, e não à irmã Clara.

Nanay tem outros deuses, deuses pequenos que ela guarda no parapeito da janela ou embaixo do travesseiro. Ela não gosta que eu vá à igreja, mas as irmãs insistem. De qualquer forma, gosto da irmã Margaritte. Ela tem uma boca larga e as unhas mais limpas que já vi. *Você tem um rosto muito sério*, disse ela certa vez após a oração, mas não de uma maneira indelicada. Nanay diz que eu vou ficar cheia de linhas de expressão de tanto franzir a testa, mas não consigo deixar de fazê-lo quando penso.

Meu rosto está contraído agora, mas por causa do sol. Encontrei uma clareira entre as árvores que delimitam o nosso quintal onde posso me ajoelhar para que meu corpo fique fresco na sombra e voltar meu rosto para o azul do céu. É o dia de descanso dominical, então, não tenho aula, e a igreja é só daqui a uma hora.

Estou procurando borboletas. Nanay e eu vimos plantando sementes de flores no terreno baldio ao lado da padaria há três verões, mas elas ainda não brotaram. Nanay diz que o solo deve ser inadequado para cultivar as plantas que as borboletas apreciam. Ainda não vi uma sequer em qualquer parte da cidade. Tenho certeza de que elas estão sempre esvoaçando atrás de mim, assim como sua sombra desaparece quando você gira de repente. Então, fico parada, sempre que me lembro.

— Amihan!

— Aqui fora, Nanay.

Nanay parece cansada e sua pele está esticada ao redor dos olhos. Ela pronunciou meu nome inteiro, e seu pano azul está enrolado em seu rosto, o que significa que temos visita. Não é um fato agradável, mas o nariz dela não está mais lá. Quando ela respira, parece que o ar tem ganchos.

Ser Tocado tem diferentes significados para diferentes pessoas: para algumas, são feridas, como manchas de tinta rosa em seus braços e pernas; para outras, são calombos, como se tivessem caído em um canteiro de folhas espinhosas ou perturbado um ninho de vespas. Para Nanay, é o seu nariz e os dedos inchados, e a dor, apesar de ela ser boa em escondê-la.

— A irmã Clara está aqui para nos ver — diz ela. — Limpe os joelhos e entre.

Espano a terra das calças e a sigo. A sala está quente e Nanay posicionou tigelas de água sob as janelas para resfriá-la. A irmã Clara está parada ao lado da porta da frente aberta e não entra nem mesmo quando eu chego. O doutor Tomas disse a todos que não se é Tocado por inalar o mesmo ar, mas acho que a irmã Clara não acredita nele, porque nunca se aproxima de minha *nanay* ou de qualquer outra pessoa. Por outro lado, ela também nunca se aproxima de mim, embora eu seja Intocada. Acredito que talvez ela não goste de crianças, o que parece estranho para uma freira, ainda mais uma freira que é professora.

— Olá, irmã Clara — cumprimento-a, como fomos ensinados a fazer, numa voz quase cantarolada.

— Amihan — diz a irmã Clara. Era para ser uma saudação, mas sai desprovida de emoção.

— Ela se meteu em problemas, irmã? — pergunta contrariada Nanay, através do tecido. — O que foi dessa vez? Estava correndo na escola? Rindo na igreja?

— Haverá uma reunião na igreja, esta tarde. A missa será abreviada — responde a irmã Clara com frieza. — A participação é obrigatória.

— Algo mais?

A irmã Clara balança a cabeça e parte lançando uma seca bênção, que soa quase como uma maldição: "Fiquem com Deus".

Nanay bate a porta atrás dela com a bengala.

— Fique com Deus *você*.

— *Nanay!*

A testa dela está suando. Ela desenrola o pano do rosto, pendura-o na maçaneta da porta e desaba na cadeira.

— Sinto muito, Ami. Mas aquela mulher... — Ela se detém. Quer dizer algo que não deveria, e prossegue com cuidado: — Eu não gosto dela.

— O que você vai vestir para a missa? — pergunto, tentando distrai-la. Ela fica aborrecida quando as pessoas a tratam como a irmã Clara acabou de fazer: como alguém a ser evitado, alguém que não se olha direto nos olhos.

— A mesma coisa que da última vez, suponho.

A última vez foi há muito tempo, quando as freiras começaram a trabalhar aqui. Metade da minha existência. Ajudo Nanay a se levantar e ela entra mancando no nosso quarto, resmungando. Ela está tão zangada que não me atrevo a oferecer ajuda com seus botões.

Eu também troco de roupa, colocando meu vestido azul. Nanay está usando seu segundo melhor vestido, o que eu suponho ser a maneira dela de mostrar o que pensa da igreja.

— Poderíamos pegar mais sementes de flores — eu sugiro, para preencher o silêncio. — Semear um pouco mais o jardim das borboletas?

— Não vou perder mais tempo com isso. Nem uma única borboleta apareceu no verão passado, Ami — diz Nanay. — Eu acho que elas não gostam de Culion.

Ficamos sentadas em silêncio, trajando nossas melhores segundas roupas, e aguardamos até a hora de sair.

A REUNIÃO

A igreja é a construção mais bela da ilha. Eu gosto de ir lá porque está sempre fresca por dentro, mesmo agora quando o sol está torrando a areia na praia lá embaixo. Suas paredes resplandecem em branco como o centro do coral. Vê-la reluzindo como um farol no topo da colina facilita o último e íngreme trecho, embora Nanay o tenha achado mais difícil do que em sua visita anterior.

Estamos sentadas atrás de Capuno e Bondoc, que moram na nossa rua. Nanay não disse "Amém" nem uma vez, nem se levantou quando deveria fazê-lo, embora isso possa ser por estar dolorida pela subida. As outras crianças da escola estão sentadas nos fundos, todas aglomeradas em um grande grupo como fazem depois da aula. Quando chegamos, as meninas se inclinaram, juntando as cabeças, e sussurraram. Sei que elas me acham estranha porque eu não fico para brincar depois da escola, mas Nanay precisa de mim para ajudá-la em casa. Deslizo minha mão na dela e a aperto. Ela é toda a amizade de que preciso – embora eu às vezes deseje que as meninas não cochichassem.

O padre Fernan está prestes a começar a parte final de seu sermão. Esta semana é sobre temperança, que eu acho que significa não beber álcool, porque Deus fica triste quando você canta alto na rua. Espero que Bondoc esteja ouvindo, porque, embora seu nome signifique montanha, e ele pareça uma montanha, ele canta como uma cabra estrangulada.

Capuno e Bondoc são irmãos. Capuno é Tocado, Bondoc não, mas ainda assim ele acompanhou seu irmão até Culion. O que Bondoc tem de grande Capuno tem de pequeno, mas ele possui uma energia tranquila, como uma contracorrente por baixo da superfície calma. São duas das pessoas mais gentis que conheço, mesmo que, de fato, cantem na rua por falta de temperança.

— Então, lembrem-se, da próxima vez que vocês passarem na taberna — o padre Fernan diz num tom monocórdico —, saúde o dono com seu chapéu e estenda as palmas ao alto, para Deus. Rezemos.

Curvo a cabeça, mas Nanay abre os dedos, soltando--os dos meus, e cruza os braços. As irmãs não percebem, pois somos instruídos a baixar as vistas para conversar com Deus, mesmo que aparentemente Ele esteja acima de nossas cabeças, no Céu.

O padre Fernan faz o sinal da cruz sobre nós. Há um momento de silêncio enquanto todos se perguntam o que virá a seguir. A expressão séria no rosto do padre Fernan muda para um sorriso. As pessoas sentam-se um pouco menos eretas e murmuram entre si. Nanay descruza os braços ligeiramente. Eles estão marcados onde suas unhas estiveram cravadas. A irmã Clara senta-se ao lado do púlpito, enquanto a irmã Margaritte arruma outras três cadeiras e em seguida se acomoda em uma delas.

Há um som de passos no corredor e um homem que eu nunca tinha visto antes passa por nós, junto com o doutor Tomas, cujo semblante é solene. O estrangeiro está vestindo um terno de linho claro e carrega duas tábuas de madeira. Caminha como uma marionete, erguendo os pés bem alto, então se senta em uma das cadeiras, o cordão imaginário da cabeça esticado. Todos olhamos com expectativa para o padre Fernan.

— Obrigado a todos por se juntarem a nós — ele começa a dizer, como se tivéssemos acabado de chegar. — Estamos aqui para discutir algumas mudanças muito importantes que ocorrerão na Cidade de Culion. Essas mudanças podem parecer estranhas a princípio, mas devemos nos lembrar dos planos de Deus e confiar n'Ele.

A irmã Clara assente com gravidade, mas a boca larga da irmã Margaritte está bem fechada numa linha fina como um envelope, e o doutor Tomas parece aflito, com o rosto contraído como um caramelo mastigado.

— Sentado ao lado do doutor Tomas está o nosso convidado especial, o senhor Zamora. — As cabeças de todos giram. — Zamora trabalha para o governo em Manila. Ele irá compartilhar com vocês o futuro da nossa ilha. O estranho se levanta da cadeira, desengonçado. Ele é tão alto e magro que de pé até parece um gafanhoto. Suas mãos balançam frouxas dos pulsos quando ele dá um passo à frente e tira o chapéu, que na verdade nem deveria estar usando ali dentro da igreja.

— Pacientes e familiares — começa a dizer, e eu já sei que não será uma boa reunião. Ninguém que mora aqui enxerga os Tocados como pacientes, exceto talvez a irmã Clara. — Obrigado por me receberem. Apreciei bastante a missa.

Sua voz é forte e grave, em contraste com seu corpo esguio, seus lábios carnudos como os de um peixe. Nanay está de novo tensa ao meu lado, e à nossa frente Bondoc se recosta no duro banco de madeira e cruza os braços.

— O padre Fernan está certo quando diz que estou aqui para lhes contar sobre algumas mudanças muito importantes, mas ele deixou de mencionar que elas também são empolgantes. Nós, o governo, estamos alçando Culion a um patamar de i-lu-mi-na-ção. — Ele enfatiza cada sílaba da palavra golpeando a palma da mão. — Progressos estão sendo realizados na luta contra a moléstia da qual muitos de vocês padecem. Com todo o respeito ao doutor Tomas, os métodos usados para tratar a doença estão evoluindo muito rápido fora dessa colônia. Já sabemos que a lepra é causada por bactérias, e tenho certeza de que o doutor Tomas orientou a todos sobre higiene ser fundamental. Esperamos que, durante o tempo de vida de seus filhos, possamos encontrar uma cura para os leprosos.

Há uma inspiração coletiva e Nanay se encolhe. Nós não usamos essa palavra. As palmas das minhas mãos coçam. De repente, o interior da igreja está sufocante.

— Mas até que este dia chegue, mudanças devem ser feitas. Temos de impedir a propagação da doença. Foi levado ao conhecimento do governo que muitos de vocês estão procriando. Sei que o padre Fernan e as irmãs os aconselharam sobre o valor da abstinência, mas e quanto às crianças que nascem sem a doença? Elas também devem viver a vida de um leproso?

Agora, ele está embalado, caminhando diante da assistência a largas passadas com suas pernas finas, agitando as mãos. Enquanto isso, deixamos de permanecer sentados em silêncio. As pessoas estão sibilando de indignação, o ruído se elevando como o som de cuspir em carvão em brasa. Nanay pega minha mão e a aperta.

— Eu digo que não! — Zamora prossegue como se a reação negativa manifestada pelos sibilos fossem aplausos. — Vamos salvar os inocentes de Culion e oferecer-lhes uma vida melhor. Não é isso que todos os pais desejam? Uma vida melhor para os seus filhos? A partir de hoje, facilitaremos isso por meio de um processo de segregação.

Com um movimento decidido, ele apanha as tábuas de madeira ao lado de sua cadeira e as segura no alto, uma em cada mão. Em uma delas, está escrito *SÃO*. Na outra, *LEPROSO*.

Bondoc se levanta, parecendo mais do que nunca uma montanha. Seu corpo está tremendo quando ele afasta com um safanão de ombro a mão de Capuno que tenta contê-lo e, decidido, abre caminho para o corredor a passos largos até se postar a poucos centímetros diante de Zamora. Parece-me pronto a esmurrá-lo, mas Bondoc apenas fica parado ali, com os punhos cerrados.

— O que significa isso? — ele pergunta furioso. A irmã Margaritte também se levantou e está ao seu lado, falando-lhe com tranquilidade. O senhor Zamora retorce os lábios de peixe num sorriso.

— Eu estava prestes a explicar — diz ele.

— Bem, explique. E escolha palavras melhores do que as que você já usou — diz Bondoc, permitindo que a irmã Margaritte o conduza a um lugar vago no banco da frente.

— Por favor, ele é nosso convidado — começa o padre Fernan, mas o senhor Zamora levanta a mão da forma como a irmã Clara faz conosco na escola, e inclina a cabeça, como que dizendo *sim, claro*. Ele mostra as tábuas novamente.

— São: limpos. Leproso: doente — ele diz.

— Nós sabemos ler — murmura Capuno.

— Muitas dessas placas serão afixadas por toda a ilha. Aqueles que estão limpos devem permanecer nas áreas identificadas como *São*. Aqueles que são leprosos devem ficar nos lugares designados para eles.

— Mas e quanto às famílias? — Nanay solta minha mão e se levanta com o mesmo movimento decidido de Bondoc, mas não se aproxima do senhor Zamora.

— Como disse?

— E quanto às famílias?

— Não consigo ouvi-la. — Consegue, sim. Todos nós sabemos que ele consegue.

Nanay também deve saber disso, mas depois de apenas um instante de hesitação ela desenrola o pano em volta do rosto. Ela pode ser muito corajosa quando precisa ser. A irmã Clara desvia o olhar, estalando a língua em sinal de desaprovação, mas o senhor Zamora a encara de um jeito que é ainda pior.

— Eu disse: e quanto às famílias? Eu *procriei*. Minha filha *limpa* viveu comigo, sua mãe comprovadamente *suja*, por toda a vida. Ela permaneceu *limpa*, apesar das muitas tentativas de minha *moléstia* para maculá-la. O que você propõe que seja feito?

Seu tom de voz é desafiador, a ponta de uma espada na língua.

O senhor Zamora umedece os lábios.

— Era essa questão que eu iria abordar a seguir, antes da sua interrupção.

Nanay inspira profundamente para retrucar, mas o padre Fernan se levanta e abre as mãos, como faz quando está demonstrando que Deus está abrindo Seu coração para nós.

— Por favor, minha filha. Deixe nosso convidado concluir.

É uma traição. Sinto isso com tanta certeza quanto o suor nas palmas das mãos. Ele está nos traindo. Nanay afunda em seu lugar e não volta a pegar na minha mão, então, eu aperto seu pulso para mostrar que estou orgulhosa.

— Isso tudo é para reduzir a disseminação da *Mycobacterium leprae* — enfatiza Zamora. — A doença que corroeu o seu nariz. Essa ao seu lado é sua filha? — Ele não aguarda por uma resposta. — Como você se sentiria se ela acabasse com essa aparência?

Alguém tem que dizer alguma coisa, mas minha voz está presa na garganta. A irmã Margaritte faz um movimento involuntário e o padre Fernan levanta a mão para ela, como fez o senhor Zamora com ele próprio, enquanto o estrangeiro continua a andar de um lado para o outro.

— Não estamos fazendo isso por nosso prazer, oh, não. Este lugar é um dreno para as finanças do governo, mas nós lhe demos um belo lar.

— Nós estamos aqui há anos! — diz Bondoc. — Gerações, em alguns casos. Você não nos *deu* coisa alguma...

O senhor Zamora o corta.

— Estamos introduzindo a segregação para salvar os inocentes. — Não entendo por que ele continua usando essa palavra. — Queremos dar um futuro àqueles que são saudáveis. Deram-me o controle de uma instituição na Ilha Coron...

— Coron: nossa ilha vizinha. Você pode avistá-la em um dia claro — e temos muitos dias claros — das colinas a leste. Mas é apenas uma mancha embaçada, como se um dedo engordurado tivesse se limpado no vidro distante do horizonte. É longe demais para acenar de uma praia para outra e enxergarmos uns os outros.

— Instituição? — interrompe a irmã Margaritte. — Como um asilo?

— Um orfanato — corrige o senhor Zamora.

— Mas essas crianças, elas têm pais. — A voz da freira está trêmula. Nanay agarra a minha mão. — Os pais delas não estão mortos.

— Mas eles estão *doentes*, irmã. E vivem no que se tornará a maior colônia de leprosos do mundo dentro de três anos, se nossas projeções estiverem corretas. Estou dirigindo esse programa em Coron, assumindo um orfanato, para dar às crianças de Culion uma melhor qualidade de vida. Elas viverão com outras crianças saudáveis, longe da doença e da morte. Quando crescerem, poderão ter empregos no continente, em Manila e no exterior. A doença desaparecerá...

— Você quer dizer: *nós* iremos desaparecer, senhor Zamora? — A voz de Capuno é suave, mas a provocação faz o homem se deter. Ele encara Capuno do alto, e seu silêncio é pior do que se assentisse. Há outro sobressalto coletivo enquanto ele prossegue.

— Esta segregação tem todo o apoio do governo por trás dela. O padre Fernan deu sua bênção e nesta manhã mesmo o doutor Tomas assinou um acordo que já tem setenta subscrições de especialistas mundiais da América, Índia, China e Espanha.

O padre e o médico mantêm seus rostos voltados para o chão enquanto o senhor Zamora puxa um envelope do bolso, brandindo o que presumo ser o acordo. O doutor Tomas assinou aquilo. O padre Fernan abençoou aquilo. Especialistas de países muito além do nosso mar concordaram com aquilo. O mundo inteiro está contra nós.

— Eles são da opinião de que este é o melhor... não: o único... curso de ação. Chegarão reforços do governo para garantir que tudo corra bem. As irmãs os levarão, rua por rua, ao hospital para sua avaliação. Este é o começo de uma nova era.

Esse é o fim. Ninguém está sibilando ou se levantando para questionar o senhor Zamora. As placas de madeira estão apoiadas contra o degrau diante do púlpito.

São. Leproso.

Eu esqueci como respirar.

ARTIGO XV

N a manhã seguinte, surgiram postes de bambu no fim de cada rua. Há uma notificação escrita em grandes tábuas de madeira pregadas em cada um deles. No topo, estão os mapas da Ilha Culion, com círculos vermelhos identificando onde estão localizadas as áreas de *São* e *Leproso*. Todas as placas informam a mesma coisa, repetidas vezes. Eu arranquei uma e levei para Nanay, que estava com muita dificuldade para se levantar da cama e ver por si mesma, por causa de seu pé.

ARTIGO XV, CAPÍTULO 37
DO CÓDIGO ADMINISTRATIVO
Segregação de pessoas com lepra

I. Todas as pessoas na Ilha Culion devem ser submetidas a inspeção médica para determinar a presença ou ausência de lepra.

II. Se for constatado que uma pessoa é portadora de lepra, ela deve ser marcada para segregação nas áreas identificadas como *Leproso* na Cidade de Culion. É estritamente proibido invadir as áreas identificadas como *São*.

III. Se for constatado que um adulto (com mais de 18 anos) não tem lepra, o Diretor de Saúde autoriza essa pessoa a permanecer na Cidade de Culion, nas áreas identificadas como *São*. Visitas limitadas podem ser feitas nas áreas identificadas como *Leproso* sob supervisão autorizada.

IV. Se for constatado que uma criança (com menos de 18 anos) não é portadora de lepra, ela deve ficar sob os cuidados do Diretor de Saúde ou de seu representante autorizado. Nesse caso, ela será transportada para o ORFANATO DE CORON.

Há outras regras também, mas paro de ler após o parágrafo IV. Isso me diz tudo o que preciso saber porque tenho menos de 18 anos e, portanto, devo ir para Coron. No final de cada notificação está escrito em letras vermelhas:

PELO PODER CONFERIDO AO SENHOR N. ZAMORA PELO DIRETOR DE SAÚDE, ESTAS LEIS ENTRARÃO EM VIGOR NA COLÔNIA DE LEPROSOS DE CULION DENTRO DE VINTE E OITO DIAS

Depois de terminar de lê-la, Nanay me manda cortá-la para servir de lenha, mas as palavras ficam marcadas na minha mente. Fico pensando na pessoa cujo trabalho foi pintar as palavras nas placas, se ela percebeu que o seu trabalho do dia reescreveu o restante da minha vida. Ou será que foi como quando você recebe uma punição na aula por falar ou se atrasar e tem de copiar um texto, e as palavras se transformam em aranhas sob seus dedos, o significado delas escapulindo pelo papel?

Pensei ter sonhado tudo aquilo. A visita da irmã Clara, a reunião, o senhor Zamora. Acordei na manhã seguinte e pensei que talvez tivesse permanecido por tempo demais sob o sol e minha cabeça estivesse tão quente que cozinhou meu cérebro. Mas as aulas foram canceladas até a segregação ser concluída, e as placas são reais.

Nanay chorando na cama não é um sonho. Bondoc e Capuno aos prantos do lado de fora de nossa casa depois de uma noite na taberna não são um sonho. Bondoc terá que se mudar para o lado *São* da cidade, para longe de sua casa, para longe de nós — ou melhor, de Nanay. Capuno continua dizendo que não compreende.

Eu compreendo e não chorei. Encolhi-me por dentro, todas as minhas lágrimas secas e represadas, como uma noz entalada na minha garganta. Pergunto-me sobre as outras crianças com pais Tocados, se elas sentem o mesmo peso comprimindo seus peitos.

Como Nanay está perdida em seus pensamentos amargurados e as paredes parecem opressivas demais dentro de casa, volto para o acolhedor trecho de terra na extremidade do nosso quintal. As árvores derrubaram frutinhas durante a noite. Sei que não se deve comê-las, mas são de um roxo tão belo que recolho um punhado delas na minha saia. Há trinta, o mesmo número de anos que tem minha Nanay. Eu as separo em pares e faço rolar cada par pelo declive da clareira, um depois do outro, até que me restam apenas três. Todas as frutinhas descem rápido ladeira abaixo, mas, no fim, tenho a grande vencedora. Ela não é diferente das outras em tamanho ou cor. Não há marcas em sua superfície, nem é mais lisa, mas toda vez ganha. Eu me pergunto o que a torna diferente.

Deito-me de costas e acompanho com a cabeça o deslocamento do sol até que ele começa a baixar por trás de nossa casa e a luz se torna oblíqua. Mantenho a frutinha vencedora na minha mão o tempo todo. Ela fica quente e escorregadia e logo está lá há tanto tempo que não consigo me lembrar onde minha mão termina e ela começa. As árvores projetam suas sombras no solo, e as nuvens estão fixadas de forma tão solta no céu, que escurece aos poucos, que se desfazem em alguns pontos. Vejo o focinho de um porco em uma e um peixe voador com uma barbatana a mais que vira um barco quando aperto os olhos.

Então, o céu vai perdendo as cores e eu começo a pensar mais no senhor Zamora, embora não queira. Penso no doutor Tomas e no padre Fernan sentados em silêncio, e na irmã Margaritte, sua boca larga apertada num traço fino como uma linha de pesca.

Quando a noite cai, Nanay me chama para entrar e eu estremeço sobressaltada. A frutinha estoura na minha palma.

O EXAME

No dia seguinte, a irmã Margaritte vem buscar a mim e Nanay para realizarmos o exame. Embora Nanay seja obviamente Tocada, ela precisa ser analisada pelos médicos do governo para que possam fornecer seus documentos de identificação. A irmã Margaritte nos conta que nos Lugares Lá Fora, em todas as outras ilhas que compõem nosso país e sobre as quais aprendemos na escola, os Tocados estão sendo reunidos e enviados em barcos para Culion.

A irmã Margaritte abraça Nanay quando ela abre a porta. A freira parece quase tão triste quanto minha mãe, sua cabeça escondida pelo hábito, como um bebê envolto em panos. Preocupo-me que Nanay seja rude porque ela não gosta das freiras, mas ela nem fica tensa. Ao contrário, fica lânguida nos braços de irmã Margaritte. Elas trocam palavras discretas em voz baixa, o que significa que eu não devo ouvir, por isso, permaneço no nosso quarto até Nanay me chamar. Ela pega na minha mão com firmeza e, com a outra mão, segura apertado a bengala.

Embora faça apenas dois dias desde que o senhor Zamora chegou, novas construções já estão sendo erguidas nas áreas verdes entre as casas da nossa rua. Mais bambu foi cortado da floresta e transformado em pequenos espaços quadrados com telhados de folhas de bananeira. Serão os lares para os recém-chegados.

A Cidade de Culion já parece menor, com suas lacunas preenchidas. Pela primeira vez, tem uma aparência mais de cidade do que de colina, a floresta recuando para terrenos mais altos. O trecho de vegetação que fica ao lado da padaria foi completamente pisado. A mão de Nanay se contrai na minha, e eu sei que ela está pensando nas sementes que plantamos. Jamais será um jardim de borboletas agora.

A irmã Margaritte bate em todas as casas pelas quais passamos e os vizinhos se juntam à nossa procissão. É como quando vamos a funerais, todo mundo muito silencioso e abatido. O novo bebê de Diwa está amarrado ao peito e tenta espiar, mas os braços da mãe o envolvem de tal forma que só consigo ver a testa dele. Passamos por doze novas casas em nossa rua, algumas já totalmente construídas e outras onde o chão foi aplainado e estacas de bambu empilham-se no chão, esperando para virarem paredes.

Capuno e Bondoc estão entre os homens trabalhando na construção, e a irmã Margaritte gesticula para que se juntem a nós. No fim da rua, viramos à esquerda em direção ao hospital e perco a conta da quantidade de novas moradias.

Aqui costumava ser um trecho de campo aberto, mas agora as valas para esgoto já estão cavadas e eu posso ver as linhas de uma nova rua se formando. Não há mais espaço para jardins e algumas das casas compartilham paredes. Eu nunca me dei conta de quanto espaço havia em nossa cidade, porque todos os campos e florestas pareciam necessários. Pergunto-me para onde irão os insetos que viviam na grama.

Há uma fila de pessoas serpenteando no centro da rua, e é só quando a irmã Margaritte nos conduz para o final que eu percebo que a outra ponta termina no hospital, muito à frente. Há apenas uma dúzia de camas lá, e elas estão sempre ocupadas. As avaliações devem estar sendo realizadas na sala de espera ou no consultório do doutor Tomas, em sua casa.

— Não deve demorar tanto — assegura a irmã Margaritte a Nanay. — Eu tenho que ir lá ajudar, mas verei você e Amihan lá dentro.

Ela caminha em direção ao hospital e nossa espera tem início. Sou boa em esperar. Sento-me aos pés de Nanay e observo os construtores, mas Nanay não pode se sentar porque não quer ter que se levantar de novo em público. Ela acha difícil com seu pé Tocado. O bebê de Diwa acorda chorando e precisa ser embalado e alimentado.

Passa-se muito tempo e vejo uma casa brotar de um trecho de terra como uma nascente. Não reconheço todos os envolvidos na construção, mas alguns são obviamente Tocados. Devem ter chegado dos Lugares Lá Fora, talvez no barco que trouxe o senhor Zamora. Um deles tem o rosto marcado como o de Nanay, mas ele não o cobre com um pano. Suponho que em breve esta será uma área identificada como *Leproso* e ninguém terá que cobrir seus rostos. Isso deixará Nanay mais feliz, mesmo que eu não vá mais estar com ela.

Tenho que parar logo de pensar nisso.

Depois de assistir a mais duas casas sendo construídas e uma terceira começando a ser erguida, dou-me conta de que estamos esperando há tempo demais. Mesmo depois de o sol tocar o topo do céu, mal saímos do lugar.

Deito-me na grama e Nanay não me repreende, embora eu esteja usando meu melhor vestido para passar com os médicos do senhor Zamora. Ela está suando, e quando a irmã Margaritte retorna com baldes de água, ela e Capuno bebem um inteiro entre eles. Bondoc e eu compartilhamos um porque essa é uma das coisas que você faz para permanecer Intocado.

— Eles vão começar a percorrer a fila e ela vai andar mais rápido — diz a irmã Margaritte com suavidade. Qualquer pessoa que apresentar sinais óbvios receberá seus documentos de identificação e será mandada para casa. Caso contrário, terá que esperar.

Presumo que ela esteja se referindo a mim e a Bondoc, e a Diwa também, porque ela está Tocada apenas um pouco no pé, tão pouco que parece uma folha morta grudada entre os dedos de seus pés.

— Você precisará mostrar o seu nariz para eles — prossegue a irmã Margaritte, dirigindo-se a Nanay. Sua voz carrega um pedido de desculpas, e fico feliz que não seja a irmã Clara a fazer esse trabalho. — Depois, você pode ir para casa.

Mais à frente, quatro homens estão caminhando ao longo da fila. Um deles é o doutor Tomas, cujo rosto está pálido e triste, e o outro é o senhor Zamora. Os outros dois homens de jaleco branco devem ser médicos do governo. Seus reforços. Espero que o doutor Tomas nos alcance primeiro. A fila está andando mais rápido agora já que muitas pessoas apresentam sinais óbvios em seus rostos ou braços, e quando um dos médicos do governo chega a nós, já estamos mesmo quase na porta do hospital.

Ele está usando uma máscara de pano branco sobre a boca, além de luvas também brancas. Ele olha para Nanay com expectativa e ela desenrola o pano. Seu nariz não tem uma aparência nada boa à luz do dia e, mesmo sem querer fazê-lo, sinto-me envergonhada. Por um momento, vejo--a como ele deve enxergá-la, suas bochechas ásperas com feridas e protuberâncias, as dobras retorcidas das narinas que não estão lá. Então, balanço a cabeça para afastar esses pensamentos e fito em vez disso seus olhos castanhos, tão vivos e espertos como os de uma raposa, a pele lisa e morena de seu longo pescoço, sua pulsação rápida visível sob sua orelha.

Dos bolsos do jaleco branco, o estrangeiro retira um bloco e um lápis. Gesticula para que ela dê um passo à frente e ela se afasta da fila, recolocando o pano.

Tudo o que enxergo do rosto do médico são seus olhos. Eles não apresentam linhas de expressão, e suas mãos enluvadas são ágeis quando preenchem a parte superior do formulário no bloco. Parece jovem para ser um médico. Ele passa o bloco e o lápis a Nanay e ela preenche os espaços marcados com "nome" e "idade". Há um número na parte superior da folha: 0013822.

Ele destaca a parte inferior do formulário e a marca com um carimbo de tinta azul. Entrega-lhe a seção destacada, o número circundado. Baixo os olhos junto com ela para o papel e deslizo a ponta do dedo sobre ele. É áspero no ponto onde as outras pessoas assinaram seus nomes nas folhas anteriores. O médico gesticula para que eu estenda as minhas mãos e eu obedeço. Ele estica os meus dedos com seu lápis, analisa meu rosto e as pernas nuas, depois aponta para eu entrar na fila, que está diminuindo. Ele prossegue para Diwa e seu bebê sem dizer uma palavra.

Seu silêncio é contagioso. Parece que minha língua está presa no céu da boca. Avanço desajeitada para preencher a lacuna entre mim e o homem na frente, e Nanay me acompanha, mancando.

— Você não! — alguém vocifera. O senhor Zamora está nos observando de perto. — Você! — Ele aponta para Nanay. — Já pegou sua documentação?

Nanay levanta o pedaço de papel com o número circundado.

— Exato. Portanto, você deve voltar para casa e aguardar os resultados de sua avaliação.

— Acho que os resultados já são bastante claros — diz Nanay com voz áspera. Talvez a língua dela também esteja travada. Os lábios do senhor Zamora se contraem, mas é o doutor Tomas quem fala a seguir.

— Mesmo assim, Tala. Você pode ver que não temos espaço. Seria de grande ajuda se você pudesse esperar Amihan em casa.

— Eu ainda estou aqui — diz Bondoc atrás de mim. Capuno está ao seu lado, segurando o papel com o punho cerrado. — Eu a acompanharei até em casa. Você pode ir com Capuno.

Nanay olha do senhor Zamora para a irmã Margaritte e por fim para Bondoc com uma expressão atordoada. Então, ela se ajoelha, embora lhe seja doloroso, e me abraça, segurando firme meus braços nas laterais do meu corpo.

— Eu amo você, Amihan.

— Também amo você, Nanay — respondo com profunda intensidade, ainda mais por ter sido tão rude, na minha cabeça, quando ela retirou o pano do rosto.

Capuno a ajuda a se levantar e ela se vira rápido para ir embora com ele, mas não rápido o bastante para que eu não note as lágrimas em seus olhos. Bondoc segura minha mão na sua palma imensa, e alcançamos a fila, que agora se deslocou para dentro do hospital.

O lugar está quente e com o cheiro de sempre, como bafo de sono e água estagnada. As avaliações médicas estão ocorrendo na sala principal — todas as camas estão vazias e empurradas contra as paredes. Não há sinal de Rosita, a amiga de Nanay que foi internada na semana anterior, ou de qualquer outro paciente.

Há mais homens com máscaras brancas e luvas também brancas posicionados ao lado dos trilhos das cortinas que normalmente dividem a sala. As pessoas emergem de trás das cortinas e recebem a documentação da irmã Clara. A irmã Margaritte aperta meu ombro quando se afasta para se juntar a ela.

Não demora muito, um médico com uma profunda ruga de preocupação no centro da testa me chama para que eu me aproxime. Bondoc solta minha mão e a sala se inclina um pouco sem ele me ancorando ao chão. Passo pela cortina.

— Nome? — pergunta o médico.
— Amihan.

— Sobrenome?

Sei o que isso significa, mas não sei a resposta, então, em vez disso, dou o nome de Nanay.

— Idade?

— Doze anos.

Ele anota meu nome e idade no formulário, então olha bem para mim, seus olhos enrugando, o que me faz saber que ele está sorrindo apesar da máscara.

— Então, Amihan Tala. Sou o doutor Rodel e sou de Manila. Você sabe onde fica isso?

Eu assinto. Manila é a maior cidade dos Lugares Lá Fora. Onde o senhor Zamora diz que vou conseguir um emprego algum dia, se estiver Intocada. É bem longe daqui.

— Nada do que farei vai doer, então, você não precisa ter medo. Eu tenho uma neta que tem 9 anos e ela não gosta de médicos, mesmo que eu, seu próprio *lolo*, seja um! Seu *lolo* está aqui em Culion?

— Não. — Eu gosto dele, mas não quero demonstrar muito isso, porque ele é um dos médicos do senhor Zamora.

— Com quem você mora? Aquele homem com você era seu *ama*?

Balanço a cabeça e rio, porque Nanay torceria a cara e faria um som de "argh" se eu lhe dissesse que o doutor Rodel achou que Bondoc era meu pai.

— Eu moro com a minha *nanay* — eu digo.

— E onde ela está?

— Foi mandada para casa com sua documentação.

— Ah — diz o doutor Rodel, e sua voz de repente adquire um tom de seriedade.

— Ela é leprosa, então?

— Nós não usamos essa palavra — eu digo, a frase escapando antes que eu possa contê-la, mas o doutor Rodel não parece ofendido.

— Peço desculpas por tê-la usado, então — diz ele, seus olhos enrugando de novo. — Eu sinto muito, mas tenho que manter a minha máscara no rosto, só por segurança. Vou chamar uma das irmãs, porque vou precisar verificar sua barriga e suas pernas. — Ele gesticula para onde elas estão e, por sorte, a irmã Margaritte está olhando, então é ela quem vem.

— Vou precisar fazer um exame completo, irmã. Feche a cortina, sim? — diz o doutor Rodel. A irmã Margaritte puxa a cortina nos trilhos formando um triângulo ao nosso redor. A luz fica mais pálida filtrada pela cortina.

A irmã Margaritte me ajuda a tirar o vestido e depois envolve um pano em volta de mim para que o doutor Rodel possa ver minha pele e verificar se há marcas e dormência. Ele trabalha rápido, e a irmã Margaritte remove o pano para que ele possa analisar também a minha barriga. Faz cócegas, mas não me mexo. Quando ele termina, ela me ajuda a pôr meu vestido de volta e ele coloca um pouco de algodão enrolado em uma vareta dentro do meu nariz e o esfrega na minha narina.

— Isto é para verificar se há coisas pequenas demais para meus velhos olhos enxergarem — explica ele, depositando o algodão em um pedaço de papel. — Mas parece que sua *nanay* cuida muito bem de você.

— Sim — eu digo. Quero perguntar se isso significa que posso ficar com ela, mas a irmã Margaritte já abriu as cortinas e está me conduzindo na direção de Bondoc, por isso só consigo pronunciar um rápido "obrigada".

Os olhos do doutor Rodel sorriem de novo e então ele gesticula para que Diwa se aproxime. A irmã Clara me entrega um pedaço de papel. Enquanto Bondoc me leva para fora, os olhos enrugados do doutor Rodel já estão passeando pelos dedos dos pés Tocados de Diwa. Seu bebê ainda está chorando.

OS RESULTADOS

O papel na minha mão é diferente do de Nanay, mas o mesmo de Bondoc. Os espaços reservados para identificar como *São* e *Leproso* estão desmarcados e sem carimbo. Suponho que isso significa que eles estão aguardando o algodão lhes contar coisas que o doutor Rodel não consegue enxergar, antes de decidirem o que eu sou.

Eu sei que ser Tocado surge de pequenos pontinhos que viajam em seu corpo. É por isso que Nanay e eu devemos tomar cuidado para não beber da mesma água ou comer da mesma colher, para que esses pequenos pontinhos não passem dela para mim. Mas eu não sabia que alguém seria capaz de vê-los ao passar um algodão numa vareta na minha narina. Meu nariz formiga e eu o esfrego, imaginando como vou me sentir se eu for Tocada e puder ficar. Como vou me sentir se for Intocada, mas tiver que ir? Ambas as possibilidades pesam como demônios sobre meus ombros.

Os homens ainda estão trabalhando no campo. Já não me lembro como era sem as casas. É engraçado como isso acontece. Não me lembro mais como era o rosto de Nanay antes de seu nariz se dobrar para dentro, ou como era a escola antes da irmã Margaritte chegar. A forma como as coisas reescrevem tão rápido o jeito como as coisas eram.

Nanay está zanzando alvoroçada dentro de casa quando chegamos, varrendo a poeira do chão de terra e em seguida varrendo-a de novo na direção contrária. Capuno a observa com uma expressão de divertimento no rosto.

— E então?

Bondoc se acomoda ao lado do irmão para contar sobre os médicos do governo e as cortinas fechadas em triângulos e o algodão que esfregaram em nossas narinas.

— Onde eles colocaram os pacientes? — questiona Nanay. — Ami, você viu Rosita?

— Não, as camas estavam todas vazias e empurradas contra as paredes.

— Aquele homem provavelmente os expulsou e os deixou na rua — diz ela, referindo-se ao senhor Zamora.

— Então, eles coletaram amostras? — Capuno entra na conversa. — Como isso vai ajudar?

— Com um microscópio — esclarece Bondoc. — O médico que me examinou disse que eles trouxeram um de Manila.

— O que é um microscópio? — pergunto.

— Ele mostra as coisas de perto — explica Nanay. — Ele vai dizer aos médicos se você tem os pequenos pontinhos que a tornam alguém Tocado.

— Espero que eu tenha — diz Bondoc com amargura.

— Espero tê-los passado ao senhor Zamora quando fiquei diante dele na igreja.

— Bondoc — repreende-o Nanay, estalando a língua.

— Você não sabe do que está falando.

— Como são seus documentos? — Capuno me pergunta, e eu sei que ele está mudando de assunto. Eu lhe mostro o papel e ele balança a cabeça. — Então, agora só nos resta esperar.

Aguardamos muito tempo. Uma noite inteira e a manhã seguinte se deslocam num círculo no céu sobre nós. Bondoc e Capuno dormem junto à nossa lareira e quando amanhece nos preparam o café da manhã. Ficamos sentados lá dentro o dia todo, para não perdermos as batidas à porta, mas logo a noite cai mais uma vez e a lua está redonda em toda sua plenitude lá fora. Nanay, Bondoc, Capuno e eu estamos prestes a nos sentar para uma refeição de arroz e peixe salgado quando alguém bate na porta.

— Entre — diz Nanay.

O doutor Tomas entra.

— Já íamos comer — diz ela, levantando-se tensa.

— Peço desculpas, Tala. Estou com os resultados de Ami. E os seus, Bondoc.

— E então?

— Vocês preferem que eu volte depois? — Ele parece nervoso e eu sei que as notícias não são boas, mas também não sei como as notícias poderiam ser totalmente boas.

— Não — responde Bondoc, que não se levantou e está encarando feio o doutor Tomas. — Conte-nos o que o seu senhor Zamora o enviou para dizer.

O doutor Tomas pigarreia e entrega dois pedaços de papel para Nanay e Capuno.

— Estes são os seus documentos oficiais. Eles confirmam que vocês têm a *Mycobacterium leprae* e devem residir nas áreas identificadas como *Leproso* quando entrarem em vigor.

— E eu? — exige saber Bondoc.

— Você está limpo — informa o doutor Tomas, e estende o braço para lhe dar uma outra folha de papel. Bondoc se levanta e a apanha da mão dele sem se preocupar em ser delicado.

— Você até fala como eles agora — ele sibila, e o doutor Tomas baixa os olhos.

— E Ami? — pergunta Nanay. Posso ouvir o tremor nos lábios dela.

— Sinto muito, Tala — diz o doutor Tomas. Nanay tira o papel da mão dele e o examina. Então, começa a chorar.

— Nanay?

Ela tenta falar, mas seu corpo todo está tremendo.

— A irmã Margaritte virá amanhã para explicar o que isso significa. — O doutor Tomas parte em silêncio.
Bondoc pega o papel e diz:
— Ah, Tala. Passa-o para mim. Abaixo do meu nome e idade, sobre o carimbo de tinta azul, há um "X" bem traçado encerrado em um quadradinho. Abaixo do quadradinho há uma única palavra. Agora sei o que eu teria preferido. Não era isso. *Sã*.

Nanay está exausta de tanto chorar, então ela se recolhe enquanto o restante de nós põe tudo em ordem. Quando os irmãos vão embora, ainda estou agitada. Paro incerta do lado de fora do nosso quarto.
— Nanay? — Posso ouvir sua respiração irregular e me sento ao lado dela na cama. Ela está de costas para mim. — Sinto muito — eu digo.
Ela estende o braço atrás de si tateando pela minha mão.
— Por que está se desculpando? São boas notícias. — Outro soluço aperta sua garganta enquanto ela fala. — Você está bem, minha menininha. Sadia. Esta é uma boa notícia.

Não consigo pensar em nada para dizer, então fico sentada até que sua respiração se acalme e ela adormeça. Já eu, não estou nem um pouco cansada. Meu sangue parece estar preenchido de pequenas gotas de calor. Será barulhento para Nanay se eu ficar em casa para brincar, então, coleto as frutinhas de corrida no jardim e vou para a rua.

Meus pés me levam para o campo onde estávamos na fila. As casas crescem como arbustos quadrados de cada lado do canal de esgoto. Os homens já foram embora e a única iluminação provém da lua e do hospital. Cogito ir verificar se Rosita está lá, mas não quero que nenhum médico do governo me veja.

Nanay ficará preocupada se acordar e eu não estiver lá. Subo parte do caminho pela nova rua e começo a depositar uma das minhas frutinhas na soleira de cada uma das casas como um presente de boas-vindas. Logo, fico sem nenhuma e começo a colher mais de um arbusto baixo antes de me dar conta de que isso é uma bobagem. Eles provavelmente nem perceberão as frutinhas. Mesmo que o façam, não saberão de quem vieram, porque, quando eles chegarem, eu já terei partido.

Meu peito dói. É só quando subo na cama com Nanay e aconchego o meu corpo contra a concha acolhedora de suas costas que ele começa a aliviar. Enfio uma das frutinhas em seu bolso e espero que pelo menos ela saiba que o presente vem de mim.

O COLECIONADOR

Toc!

Meu corpo desperta num sobressalto, como se houvesse impedido a si próprio de despencar de uma grande altura.

Toc! Toc! Toc!

Alguém está batendo na porta. Nanay já está de pé, seu lado da cama frio, desamassando-se devagar em sua ausência. Meu coração desacelera quando ouço a porta se abrir com um rangido e escuto a voz de Bondoc.

— Tala, nós vamos resolver esse assunto. Venha comigo.

— O que você vai... — Nanay começa a protestar.

— Venha agora. A irmã Margaritte nos marcou um horário.

— Um horário? Para quê?

— Para dar um jeito nisto. Vamos lá!

— Eu não posso deixar Ami.

— Eu vou com vocês — eu grito, deslizando os pés nas minhas sandálias e correndo para Nanay, que está parada na porta. A mão de Bondoc está pousada em sua bochecha e ele a abaixa depressa, embora eu já tenha visto a mão dele na bochecha dela e a dela na dele muitas vezes antes, quando pensaram que eu não estava olhando.

Nanay se vira para mim.

— Eu nem sei para onde estamos indo...

— Eu explicarei no caminho — diz Bondoc, recuando e estendendo as mãos para nós. — Temos que chegar lá às nove, ou ele não vai nos atender.

— Ele?

— Vamos logo, Tala! — Capuno surge da sombra de seu irmão. — Temos que sair agora.

Capuno é mais sensato do que Bondoc, e o fato de ele pedir a Nanay de forma tão insistente parece decidir a questão. Ela envolve o rosto e pega a bengala, e eu fecho a porta atrás de nós, apressando-me para acompanhar os passos de Bondoc.

Estamos seguindo o mesmo trajeto que fizemos no dia anterior, e que eu refiz na noite passada — descendo a nossa rua, pelo campo que hoje está tomado de casas, em direção ao hospital. Espio as portas em busca das frutinhas, mas elas se foram. Todas elas. Enquanto caminhamos, Nanay, um tanto contrariada, exige explicações de Bondoc, e Bondoc lhe conta que devemos ver o senhor Zamora, para apresentar nosso caso a ele.

— Nosso caso?

— Para que Ami fique.

A mão de Nanay aperta a minha, e eu a sinto diminuir a velocidade até que a sensação é como caminhar na lama e a estou quase arrastando.

— Eu não quero encontrar aquele homem.

— Eu sei — diz Capuno com ternura. — Mas vale a pena tentar, não?

Nanay para e respira fundo, trêmula.

— Sim — respondo por ela.

Bondoc aperta meu ombro com sua mão enorme, pesada e quente. Nanay assente, e continuamos andando.

Passamos pelas casas sem frutinhas e pelas pessoas na fila para o hospital até chegarmos à casa do doutor Tomas, uma bela construção quadrada de dois andares, com varandas de ferro forjado nas janelas. Bondoc bate duas vezes na porta de madeira e a irmã Margaritte a abre.

— Venham rápido. Já são quase nove e cinco.

O interior é frio, o piso de pedra, como na igreja. Há quadros emoldurados nas paredes amarelo-limão, e o primeiro aposento pelo qual passamos está repleto de pilhas e mais pilhas de papel, com o doutor Tomas sentado em uma cadeira baixa, curvado sobre os joelhos para escrever em um livro grande. Ele ergue os olhos enquanto a irmã Margaritte nos conduz adiante, fechando a porta do aposento com as pilhas de papel. A porta tem uma plaquinha quadrada que diz DOUTOR TOMAS, pendurada meio torta.

— Então, quer dizer que agora ele é um convidado em sua própria casa? — observa Nanay, e Capuno faz "shh" para ela enquanto Bondoc bufa. Somos encaminhados ao andar superior por uma escada cujos degraus rangem de forma ameaçadora enquanto subimos. A irmã Margaritte nos faz parar no patamar estreito.

Todos nós nos aglomeramos ao redor da porta. Ela é branca, exceto por um pequeno trecho quadrado de madeira não pintada no centro. Deve ser o lugar onde costumava ficar a plaquinha do doutor Tomas. Acima dele, lê-se numa grande placa pendurada por um prego:

SENHOR ZAMORA
REPRESENTANTE AUTORIZADO
DO MINISTÉRIO DA SAÚDE

As palavras são escritas com as mesmas letras vermelhas das notificações. Tento engolir o nó que sobe na minha garganta quando a irmã Margaritte bate à porta.

— Entre.

Ela gira a maçaneta.

A sala é toda colorida. As paredes estão salpicadas de tons de vermelho, roxo, verde e azul, assim como os vitrais da igreja, como se videiras de flores de *gumamela* tivessem subido por elas. Mas não são flores que preenchem a sala

— são borboletas. Borboletas alinhadas como crianças na escola, ou um exército, em fileiras organizadas.

— O que é isso? — grunhe Bondoc.

— Ah, gosta da minha coleção? — Não vou a lugar algum sem elas — diz Zamora, levantando-se lentamente como um pesadelo de trás de uma escrivaninha baixa de madeira. Está usando uma gravata cor de rosa tão apertada que se choca contra seu pomo de adão quando ele fala.

— Elas são queridas como filhas para mim. *Rhopalocera*. Ou, como são conhecidas por vocês...

— Nós sabemos *o que* são — interrompe Bondoc. — Por que elas estão aqui, desse jeito?

— Sou um lepidopterólogo — esclarece Zamora.

— Não usamos essa palavra — diz Bondoc, em tom de advertência.

— Um le-pi-dopterólogo, Bondoc — disse a irmã Margaritte. — Não "leproso".

— Ah. — Bondoc se encolhe, parecendo perder altura.

— Sim — Zamora sorri de forma pretensiosa, os dedos finos se abrindo para indicar as paredes. — Ou, em termos que você possa entender, eu coleciono e estudo borboletas.

— Estão todas mortas? — pergunto, embora eu saiba que devem estar, para ficarem paradas daquele jeito. As cores das asas formam ondulações como peixes debaixo d'água.

— Não, eu as treinei para ficarem quietas assim — zomba o senhor Zamora. — Sim, é claro que estão mortas. Eu as crio, as reproduzo, as prendo com alfinetes...

— Você as cria só para matá-las? — pergunta Nanay.

— Para que eu possa estudá-las — repete o senhor Zamora, passando os olhos pelo lenço no rosto de Nanay enquanto volta a se sentar, arrastando de propósito a cadeira para trás, afastando-se dela. — É por isso que vocês vieram? Para me questionarem sobre borboletas?

— Não — diz Nanay com frieza. — Mas é interessante saber.

— Viemos — Capuno apressa-se a dizer, quebrando o desconfortável silêncio — para discutir seus planos de remover as crianças...

— Os planos do *governo* — corrige Zamora, interrompendo-o.

— Você é o representante autorizado deles, não é? — retruca Bondoc, que já não está mais encolhido. — Ou será que interpretei errado a placa que você pendurou na porta do doutor Tomas?

— De fato, eu sou o representante do governo. — O senhor Zamora estreita os olhos. — E é bom refletir isso em seu tom de voz.

Capuno se coloca entre Bondoc e a mesa, tirando do bolso um pedaço de papel dobrado cuidadosamente.

— Tenho aqui uma petição assinada pelos pais de todas as crianças Intocadas que serão levadas, e muitos de nós sem filhos também. Nós solicitamos...

— *Exigimos*... — intervém Bondoc.

— Que você reconsidere seus planos de realocar as crianças para os Lugares Lá Fora.

— "Lugares Lá Fora"? — A voz do senhor Zamora é carregada de zombaria, as sobrancelhas grossas erguendo-se em direção aos cabelos ralos.

— Para a ilha ao lado — diz Capuno, calmo. — Para Coron.

— Entendo — diz o senhor Zamora, visivelmente divertido. Minha pele ferve como se fosse de mim que ele estivesse debochando.

— Achamos que deve ser possível que as crianças permaneçam em Culion, se não na própria cidade. Talvez as coisas possam permanecer como estão, ou talvez possam ser mantidas nas áreas que você planejou e ver os pais em um ambiente monitorado. Com certeza, qualquer coisa é preferível a separar as famílias. — Capuno era professor antes de vir para cá, e um dos bons, eu imagino, com suas costas eretas e a voz clara. — Então, aqui está.

Ele desdobra o pedaço de papel e o estende para o senhor Zamora.

O senhor Zamora não estica o braço para pegá-lo pelo que parece demorar uma eternidade. Seu semblante é plácido como um lago que oculta sob a aparência inofensiva de um tronco boiando um traiçoeiro crocodilo. A irmã Margaritte acaba apanhando o papel e o depositando na mesa em frente a ele. É um emaranhado de nomes. As pessoas escreveram nas margens e entre as outras palavras. Sinto o despontar de um raio de esperança. Com certeza, ele não pode ignorar tantos nomes.

— Leia, senhor — diz a irmã Margaritte. — Por favor.

— Espero que você faça as suas orações em um tom mais persuasivo, irmã — diz o senhor Zamora, dando a mesma ênfase à última palavra que ela dera a "senhor". Ele solta um suspiro exagerado e se inclina um pouco para a frente a fim de abrir a gaveta superior da escrivaninha.

Ele retira dali uma pinça e a pousa com cuidado ao lado da petição. Em seguida, pega um disco de vidro com um cabo de madeira e coloca-o ao lado da pinça, ajeitando-os para lá e para cá de modo a ficarem alinhados ordenadamente. Assim como soldados, crianças na escola ou borboletas presas com alfinetes. Então, ele fecha a gaveta. Executa todos esses atos com uma lentidão infinita que faz minha pele pinicar.

Com uma das mãos, ele pega a pinça, pesca o canto superior da petição e a levanta, mantendo o braço comprido estendido. Com a outra mão, segura o cabo do disco de vidro, erguendo-o, e espia por ele. Seus olhos se agigantam, enormes através da lente, passando de um lado para o outro pelas palavras enquanto ele as lê em voz alta:

— Nós, os signatários deste abaixo-assinado, manifestamo-nos por escrito em protesto contra o parágrafo quatro do Artigo XV, conforme decretado pelo Representante do Governo, o senhor Zamora. Solicitamos que as pessoas com menos de 18 anos tenham o mesmo direito que as com mais de 18, a saber: que o Ministério da Saúde autorize estes indivíduos a permanecerem em Culion, desde que se restrinjam às áreas identificadas como *São*. Visitas limitadas podem ser realizadas nas áreas identificadas como *Leproso* sob supervisão autorizada. — É horrível ouvir as palavras referentes às placas afixadas em todas as ruas proferidas em voz alta, ainda mais no tom levemente zombeteiro do senhor Zamora.

— Consideramos que essa é a maneira mais gentil e aceitável para atenuar os já traumáticos efeitos da separação forçada, sem recorrer à migração forçada. Assinado...

— O senhor Zamora ergue os olhos da petição. — Parece que pôs todo mundo nesta lamentável ilha.

— Nem todo mundo — diz Nanay. Ela estava tão quieta até então que parecia que eu estava de mãos dadas com uma estátua ou uma árvore, mas agora ela avança e apanha uma caneta do tinteiro na mesa do senhor Zamora.

— Não...! — exclama o senhor Zamora, mas Nanay já arrancou a petição das pinças, deixando um fragmento de papel preso entre as pontas reluzentes do objeto. Ela rabisca o próprio nome em um minúsculo espaço, depois a recoloca sobre a mesa, enfiando com violência a pena de volta no tinteiro fazendo com que gotinhas pretas borrifem por toda parte.

— Pronto. *Agora*, todo mundo nesta "lamentável ilha" já assinou — Nanay sibila. Ela está respirando com dificuldade, seu lenço inflando e desinflando em seu rosto. Atrás dela, Bondoc a olha como se Nanay fosse tão maravilhosa e aterrorizante quanto um tigre.

O senhor Zamora também está olhando para ela, mas como se tivesse visto um fantasma. Seus braços estão erguidos como se ainda segurasse a petição, o fragmento tremendo na ponta da pinça. Sua pele está pálida como papel, seus lábios carnudos, sem palavras. Seu olhar vai de Nanay para as manchas de tinta que estão se dilatando nas pilhas quadradas de papéis, no lenço de Nanay. Ele choraminga como um cachorro judiado, e olha para o preto que se espalha por sua gravata cor de rosa.

— Senhor Zamora? — diz a irmã Margaritte.

Ele sussurra alguma coisa.

— Como disse? — pergunta a freira.

— Fora — ele ordena, tão baixo quanto um soluço. — Saiam.

— Mas, senhor, você não nos deu uma resposta — diz Capuno, avançando.

O senhor Zamora se retrai, derrubando a cadeira e recuando atabalhoadamente.

— Não chegue perto de mim!

Capuno para no meio de sua súplica.

— Você quer uma resposta? — O senhor Zamora vira as costas para nós e abre a gaveta da cômoda contra a qual esbarrou. Ele pega uma pequena garrafa e uma esponja abrasiva e em seguida despeja o líquido transparente do frasco na tinta da gravata. Um forte odor, como o cheiro penetrante do hospital, faz o meu nariz comichar. Enquanto fala, põe-se a esfregá-la.

— A resposta é não. Não importa quantas petições, quantas assinaturas, não importa quanto os leprosos e seus filhos queiram uma resposta diferente, ainda assim será não.

— Mas... — Capuno começa a protestar.

— E se estão querendo um motivo, como se o motivo já não estivesse claro o suficiente! — O senhor Zamora não está olhando para nenhum de nós, o que me alegra porque não quero que ele me veja chorar. — Queremos acabar com esta doença. E vocês sabem como eliminamos uma doença? Nós impedimos... que ela... se reproduza. — Ele para de esfregar a gravata e coloca um pouco do líquido claro nas mãos, então começa a esfregar as palmas. — Nós impedimos que ela se multiplique. E, para fazermos isso, precisamos nos manter limpos. — Suas mãos estão quase em carne viva de tão esfregadas.

A irmã Margaritte toca Nanay no ombro e todos começamos a recuar em direção à porta. O senhor Zamora continua a falar concentrado em suas mãos, que começaram a sangrar.

— Nós cortamos o mal pela raiz de forma limpa. Pegamos os indivíduos limpos e lhes proporcionamos uma vida limpa. Certamente vocês devem concordar que é mais importante do que qualquer outra coisa. Vejam essas borboletas — ele diz, apontando para as paredes. — Elas nunca conheceram doença ou perigo. Eu até lhes dou uma morte limpa — não é gentil de minha parte fazer isso? Elas são lindas. Limpas. Intocadas pelo mundo.

A irmã Margaritte abre a porta e nos apressamos para sair. Antes que ela a feche, olho para trás e vejo o senhor Zamora, ainda esfregando as mãos, cercado pela colcha de retalhos de borboletas mortas. Ele nos encara, por fim. Está ofegante, seus olhos desvairados.

— Vamos deixar os leprosos para trás na História — diz ele —, e fazer desta ilha um museu.

A irmã Margaritte bate a porta.

Minhas mãos estão trêmulas, e até Bondoc estremece enquanto saímos da casa do doutor Tomas. Ouço o doutor Tomas perguntando à irmã Margaritte o que aconteceu, mas ela apenas sacode a cabeça e passa por todos nós sem dizer uma palavra. Ela segue o caminho em direção ao mar, em direção à igreja, e eu sei que ela vai orar.

O restante de nós caminha em nossa própria pequena bolha de silêncio, passando pelo hospital e sua fila de pessoas, pelas novas casas, a caminho de casa. Nanay está mancando intensamente, apoiando-se tanto em mim quanto em sua bengala. Bondoc fica a postos, pronto para ampará-la, mas ela não cai.

Em casa, fervo água e faço infusão de raiz de gengibre. Encolho-me ao lado de Nanay enquanto bebemos.

— Ele é doente — diz Capuno, por fim.

— Nós já sabíamos disso — resmunga Bondoc com sua voz grave.

— Não, doente *de verdade* — enfatiza o irmão. — Vocês viram como ele organizou a pinça e a lupa? Tamanha a precisão? E como as borboletas estavam ordenadas sistematicamente?

Lepidopterólogo, penso, rolando a palavra em minha língua silenciosa. *Le-pi-dop-te-ró-lo-go*. As sílabas flutuam suavemente para cima e para baixo, como o bater de asas de uma borboleta.

— E como ele reagiu quando cheguei perto dele — diz Nanay baixinho. — Ele não estava apenas com nojo, estava apavorado.

— Devíamos denunciá-lo — sugere Bondoc.

— Para quem? — suspira Capuno.

— O governo que o enviou!

— Mas eles estão de acordo — diz Capuno. — Ele está atuando em nome deles.

— Então, para que a petição? — Nanay questiona com rispidez. — Por que nos dar essa esperança?

— Porque valia a pena, não? — diz Capuno. — Tentar de tudo?

Ela não lhe responde. Também não tenho certeza.

O BARCO

Como esses são os últimos dias que Nanay e eu estaremos juntas — até que eu tenha vivido seis anos sem ela e possa então retornar para morar nas áreas identificadas como *São* — decidimos fazer coisas divertidas na companhia uma da outra, mas nos sentimos tão tristes que isso na verdade não dá certo. Seis anos é metade da minha vida até agora, contando como se tivesse vivido sem ela dia sim, dia não. Parece impossível.

A maioria das coisas divertidas só faz com que pareça mais impossível ainda. Plantamos no jardim legumes que eu não verei crescer. Consertamos o trançado do vime nas cadeiras que precisarão ser retrançados quando eu voltar de Coron. Eu digo "nós", mas Nanay passa a maior parte do tempo torcendo a cara de dor quando acha que não estou olhando. Ela acha difícil se ajoelhar, segurar a pá, espalhar as sementes. Ela nem tenta ajudar com as cadeiras. Como fará essas coisas sem mim?

É só agora, quando estou prestes a deixá-la, que percebo o quanto a ajudo. Como a maré subindo na praia, isso ocorreu conosco sorrateiramente, eu fazendo cada vez mais coisas a cada ano que passa: eu a ajudo a se vestir, a cozinhar, a limpar a casa. Mas, se Nanay está preocupada, ela não demonstra isso.

Todos os dias ela insiste em ir à nossa praia favorita para almoçarmos lá, embora seja uma longa caminhada. Tem a areia mais branca e, apesar de haver um pequeno porto com um píer nas proximidades, nenhum dos pescadores parte com seus barcos desse lado das rochas, então, na maioria das vezes, estamos sozinhas. Penso na nossa visita ao senhor Zamora, no seu medo e, acima de tudo, nas borboletas.

— Por que ele as conserva assim? — pergunto no dia seguinte à nossa reunião.

— Para se sentir poderoso — explica Nanay. — Para se sentir inteligente.

— E porque são bonitas, talvez?

— Você acha correto prender uma coisa porque acha ela bonita? Matá-la? Eu também amo borboletas, você sabe. — Nanay engole em seco. — Seu *ama* plantou flores para trazê-las para nossa casa. Por dois verões eu as vi, pouco antes das chuvas. Elas cobriam a casa como folhas, como... — Ela torce o rosto, tentando encontrar a palavra certa. — Como pétalas... cor de laranja, azuis e brancas. Ficaram uma semana inteira em um dos anos. Foi o suficiente vê-las por alguns dias, vivas. Melhor do que vê-las para sempre, porém, mortas.

Mal estou respirando quando ela diz isso. Ela quase nunca fala sobre meu pai, nunca mencionara detalhes da vida deles juntos. Uma casa coberta de borboletas — eu tento imaginá-la.

— É por isso que você quer atrair as borboletas para cá? — digo. — Para o terreno colado à padaria?

Nanay pisca, como se estivesse sonhando acordada e houvesse despertado.

— Isso foi há muito tempo. E aquele terreno agora se foi, uma construção foi erguida sobre ele. — Nanay me olha direto nos olhos. — O que eu quis dizer foi que o senhor Zamora não as caça porque gosta delas. São apenas espécimes para ele. Um projeto. Algo para saber muito a respeito, porque faz com que ele se sinta inteligente.

— A casa coberta de borboletas...

— Foi há muito tempo. Venha, vamos comer. — A voz dela treme e, embora eu sonhe com uma floresta com uma casa em seu coração, pulsando com o bater de asas, não volto a lhe perguntar sobre isso.

No quarto dia do nosso almoço na praia, sentamo-nos onde as ondas quebram e ficamos de olho nos camarões. A maré está subindo e eles chegam como um bando de pássaros, pequeninos e branco-azulados. Nanay os peneira da água com um pano de algodão. Procuro os caranguejos ariscos e um me belisca no dedão do pé antes que eu possa pegá-lo. Alguns dos meninos mais velhos da escola estão jogando bola ali perto, e apontam e riem quando fico pulando numa perna só, esfregando meu dedão.

Nanay se oferece para trocar de tarefa e eu consigo pegar uma cesta cheia de camarões enquanto ela apanha vários pequenos caranguejos, jovens o suficiente para que suas cascas sejam macias. Escavamos uma fogueira e Nanay acende a madeira que ela trouxe de casa. Ela frita o camarão com um pouco de óleo e raiz de alho em sua bacia rasa de metal. Ela aquece rápido e quando está bastante quente, ela adiciona os caranguejos.

— Isso era da minha mãe — diz ela dando batidinhas na bacia. — Foi presente de casamento da mãe dela para ela. Ela ia dá-la para mim no meu casamento, mas então fui trazida para cá. Aí, ela mandou-a para mim.

A tristeza em sua voz possui muitas camadas. Eu costumava perguntar constantemente a Nanay sobre sua família, mas isso sempre a fazia se retrair, ou gritar comigo, então, parei de fazê-lo. Não sei como tirá-la disso porque também me sinto triste, então, resolvo ser útil em vez disso e busco folhas de bananeira para utilizarmos como prato e varetas retas para escolher entre camarão e caranguejo.

As cascas de caranguejo são crocantes, as entranhas cozidas em uma adorável suculência, e nós os devoramos inteiros. Os camarões são tão pequenos que saltam do óleo quando ele espirra. Cato alguns que caíram e consigo extrair risos de Nanay fazendo caretas enquanto mastigo ruidosamente a areia grudada. Não conversamos muito enquanto comemos, então nem é meio-dia ainda quando devoramos o último caranguejo, dividindo-o ao meio. Nanay está cansada e seu pé dói, por isso, ela se deita na sombra com o pano no rosto para impedir que a areia entre em seus olhos e narinas.

Fico observando os meninos chutando a bola. O mais alto, Datu, também partirá para Coron, e penso em ir falar com ele, mas ele mostra a língua para mim quando me vê olhando. Eu brinco muito bem sozinha, então, não me importo.

Primeiro, cubro a fogueira, porque o vento está soprando as chamas muito perto da linha das árvores. Depois, finjo que o mar é ácido e preciso construir trincheiras para impedir que ele nos toque. Cavo com as mãos o mais rápido que posso, mas fica mais difícil quando chego abaixo da areia macia e solta e alcanço a parte mais dura e úmida. A maré está se aproximando e quero pedir a Nanay que suba mais para impedir que ela a toque, mas sei que dirá que estou sendo boba. É só uma brincadeira.

No fim, não consigo impedir que a água bata em seus pés — ela não consegue mais sentir as coisas nas solas, o que é outra coisa que ser Tocada significa para ela —, então, eu me sento ao seu lado e observo o mar. Ele parece reter mais luz do que o sol está oferecendo, como se houvesse um segundo sol ou um espelho abaixo de sua superfície, de modo que todo o oceano cintila embaixo do céu. Chega quase a ser brilhante demais para olhar, e estou apertando os olhos quando percebo uma forma ao longe na água.

A princípio, acho que é uma rocha ou sombras projetadas pelas ondas, mas a coisa se aproxima e cresce quanto mais tempo a observo. Logo, está a apenas à mesma distância de uma pedra arremessada por Bondoc, e as vozes se tornam audíveis e o cheiro de muitos corpos é trazido pelo vento. Os meninos param o jogo, pegam a bola e partem em direção à cidade.

Eu já vi barcos antes, mas nunca um tão grande, nem tão cheio de gente. Está tão baixo na água que o brilho do mar faz parecer que os passageiros estão caminhando sobre a água. É retangular, formado por tábuas de madeira pregadas juntas, e o verniz brilha com a umidade à luz do sol. Foi construído às pressas, assim como as casas, eu acho.

Quando olho para as pessoas, elas parecem inacabadas também. Eu já vi pessoas Tocadas chegando antes, é claro, mas na maioria das vezes só uma de cada vez, trazidas por homens silenciosos em barcos pequenos. Há tantos ali, e alguns deles estão com membros faltando ou sem narizes. Há um homem com o que parece ser um bebê enorme amarrado às costas com um pano manchado, mas, quando se vira, vejo que não é um bebê, mas uma mulher idosa. Percebo pelo formato de seu corpo pressionado contra o pano que ela não tem pernas. Rosita também não tem pernas, mas é carregada em uma cadeira de rodas com um pano sobre o corpo, não embrulhada às costas de alguém, como um bebê. Não parece certo.

O barco agora está apenas à mesma distância de uma pedra arremessada por mim e é tão longo que somente a proa consegue caber ao lado do píer de madeira. Deve haver uns cem passageiros, não mais do que a quantidade de pessoas numa missa na igreja, mas tenho a impressão de nunca ter visto antes tantos Tocados. Pelo que percebo, não existe uma pessoa ali sem sinais visíveis. Como disse o senhor Zamora, eles devem ter vindo de toda parte dos Lugares Lá Fora. Pergunto-me como eles devem estar se sentindo, amontoados entre estranhos com apenas uma coisa em comum — a única coisa que importa para o governo e para indivíduos como o senhor Zamora.

— Você, menina... venha cá e ajude-nos a atracar! — O homem que conduz o barco tem feridas nos braços. Elas estão abertas e exsudativas, e o doutor Tomas nos disse que isso significa que elas são contagiosas e nos alertou para que não nos aproximássemos, mas não quero ser indelicada.

Há uma garota mais ou menos da minha idade, espremida contra a lateral, virada para mim. Seu nariz possui pregas e ela está me observando atentamente. Seus olhos estão brilhando de medo, como um coelho engaiolado. Quero que sua primeira impressão de Culion seja boa. Olho para Nanay, que ainda está dormindo, imperturbada pelo cheiro rançoso de corpos sem banho e pelo som de vozes falando em dialetos desconhecidos, e caminho até o píer. O barqueiro joga a corda. Pego a extremidade pesada e fedorenta e a enrolo em um poste, da forma como Capuno me ensinou. Acho que não vai prender muito bem, mas não consigo ficar próxima do cheiro por tempo suficiente para dar um nó duplo. Eu recuo e o capitão sobe e coloca uma prancha de madeira sobre a fenda.

— O homem do governo mandou você? — Sua voz é áspera e seu tom é rude.

Meneio a cabeça.

— Não me surpreende — ele murmura. — Eles têm pressa de nos trazer até aqui e ninguém vem nos receber!

— Ami? — Nanay está se sentando, protegendo os olhos do sol. Observo-a olhar para mim, depois para o barco, e por fim para as pessoas. Ela as fita por um longo tempo, inspirando e expirando várias vezes pelas narinas. Então, já está de pé e correndo na minha direção, apressando-se para colocar o pano facial sobre a boca, puxando da perna com o pé Tocado.

— Ami, afaste-se! Afaste-se já daí!

Muitas pessoas se viram para vê-la mancando, e eu me sinto mal por elas. Dá para ver que ela está com medo. Bondoc diz que é mais fácil você "pegar" medo do que se tornar Tocado, e alguns dos recém-chegados estão buscando nervosamente à sua volta pelo que assustou tanto essa mulher de olhos arregalados a ponto de fazê-la correr com o pé Tocado.

— Afaste-se, eu disse! — Ela chega até mim, ofegante, o barqueiro encarando-a com um ar de divertimento estampado em seu rosto.

— Qual é o problema, senhora?

Nanay já está me puxando, passando pelos passageiros que desembarcaram e me aninhando junto dela.

— Nanay? — começo a falar de maneira hesitante, mas seu rosto mostra que está furiosa. Ela segura bem firme meu braço e está se dirigindo de volta para casa, embora sua bengala e sua bacia de metal ainda estejam na praia.

Olho por cima do ombro e vejo que os recém-chegados ainda estão parados na praia, provavelmente esperando que alguém lhes diga o que fazer. No meio da subida da colina, passamos pelos meninos e Datu diz:

— Eram eles? Dos Lugares Lá Fora? — Mas Nanay não diminui o passo para permitir que eu responda.

Assim que chegamos em casa, Nanay me vira de forma brusca para encará-la.

— O que você pensa que estava fazendo? — ela grita comigo por trás do pano. — Você acha mesmo que eu não iria perceber?

— Perceber o quê...?

— É essa petição idiota, colocando ideias na sua cabeça!

— Eu não...

— Não se finja de inocente comigo. Eu sei o que você estava fazendo! Você me levou para a praia hoje, sabia que eles estavam vindo, sabia que eu iria cochilar...

— Nós estivemos na praia todos os dias, Nanay. — Eu a acompanho com os olhos enquanto ela anda de um lado para o outro. Nunca a vi tão brava.

— E se eu não tivesse acordado, você teria... teria...

— Sua respiração fica entrecortada como um peixe fora d'água lutando por ar.

— Nanay — tento mais uma vez. — Não sei do que você está falando. Mas sinto muito por deixá-la irritada.

Ela se vira tão bruscamente que acho que continuará gritando, mas então se agacha diante de mim. Eu a ouço inspirar profundamente, mas ela não fala. Seus olhos, vincados por rugas de preocupação, não estão mais com raiva. Ela se senta no chão e envolve os joelhos com os braços, apoiando o queixo neles. Está toda encolhida, embora apenas alguns momentos antes a raiva a houvesse tornado grande como Bondoc.

Também me sento e descanso o queixo nos joelhos, para mostrar que fico feliz em esperar que ela me diga o que está errado. Finalmente, ela desenrola o pano do rosto.

— Você realmente não estava tentando ficar perto daquelas pessoas de propósito? Aquelas com feridas abertas?

Estou mais confusa do que nunca.

— Não. Eu estava apenas ajudando-os a atracar o barco, como Capuno me ensinou.

A cabeça de Nanay pende para baixo e seus ombros tremem, então, eu me arrasto para a frente e estendo os meus braços em torno dela o máximo que consigo.

— Eu pensei que você queria ficar perto deles. Pensei que você queria pegar.

— Pegar o quê?

O rosto de Nanay já está inchado de tanto chorar.

— Aquelas pessoas, suas feridas estavam expostas. Teria sido fácil... pegar isso. — Ela gesticula para o nariz.

— Oh — Não consigo pensar em mais nada para dizer. Nanay pega minhas mãos gentilmente e me olha direto nos olhos.

— Ami, eu acredito em você. Mas não acredito que não tenha tentado pensar em uma maneira de ficar. Amo você, Ami, e isso significa que quero uma vida melhor para você. É uma bênção que tenha ficado comigo por tanto tempo, e eu quero que fique para sempre. Mas não vou ficar aqui para sempre. — A voz dela vacila. — Esta doença é mais terrível do que você pode entender. O senhor Zamora está certo. Não há futuro em uma ilha de leprosos.

Quero corrigir o uso que ela fez da palavra, mas minha boca parou de funcionar.

— Por isso, você deve ir. É o melhor a fazer. Você ficará bem nos Lugares Lá Fora. Você é a garota mais gentil que eu conheço. — Ela enfia a mão no bolso e pega a frutinha. — Você me deu isso?

Eu confirmo com a cabeça.

— Então, devo lhe dar alguma coisa. É assim que o amor funciona, não é?
— Sim. Dar e receber.
— Exatamente. Não apenas dar, dar, dar como o Deus-da-Igreja exige. — Ela olha em volta e bate a mão na testa. — Eu deixei a bacia na praia!
— Não quis lembrá-la quando você estava com raiva.

Ela ri baixinho.

— Eu estava bastante assustadora, não estava? Isso eu também herdei da minha mãe. Bem, vamos buscá-la.

Ponho-me de pé num pulo.

— Eu vou. Você deixou sua bengala lá.

Ela pisca ao redor dela como se tivesse acabado de se dar conta disso e depois assente lentamente. Eu sei o que ela quer dizer a seguir, mas está envergonhada porque gritou comigo. Então, eu digo por ela.

— Não vou me aproximar de nenhuma daquelas pessoas. Eu prometo.

Ela assente novamente.

— Cuidado com o óleo. Ainda pode estar quente.

Essa é a maneira dela de dizer:

— Cuidado com tudo.

A CASA DAS BORBOLETAS

Quando chego em casa, a irmã Margaritte está com Nanay, e as duas se levantam do chão quando entro.

— Aí está Amihan — diz Nanay rapidamente, enxugando os olhos com uma mão e pegando a bengala com a outra. — Eu estava prestes a ir atrás de você.

— Olá, Ami — diz a irmã Margaritte. — Sinto muito por interromper seu dia com sua mãe, mas havia alguns detalhes importantes que tive que contar a ela. Tenho certeza de que ela irá informar você.

Ela estende a mão e eu coloco a bacia no chão para segurá-la.

— Deus a abençoe, criança. Tenho certeza de que Coron será uma aventura maravilhosa.

A mão dela está quente e seca, as unhas impecáveis, como sempre, pequenas e rosadas como conchas. Minha própria mão parece suja e desajeitada apertando a dela. Eu me pergunto se são as orações que fazem suas mãos assim.

— Obrigada, irmã Margaritte — eu digo. Ela assente e sai.

Nanay me chama. Sento-me sobre suas pernas cruzadas e ela envolve os braços em torno de mim, minha coluna pressionando contra seu peito, de forma que estou aninhada entre seu queixo e o colo. Tento fixar o momento em minha mente. Estarei maior na próxima vez que a vir: quero me lembrar de ser segurada assim.

— A irmã Margaritte foi enviada para buscá-la — diz ela baixinho. — A segregação começa amanhã, e o senhor Zamora queria que todas as crianças Intocadas fossem levadas para Coron hoje à noite. Mas a irmã Margaritte discutiu com ele e ele concordou que vocês todos poderiam partir amanhã.

— Amanhã? — Meu corpo estremece involuntariamente, mas Nanay me abraça com força.

— Não devemos pensar nisso como só mais um dia, mas como um dia extra — continua ela, e dá para perceber que foi a irmã Margaritte que disse a ela o que falar. — Poderemos escrever uma para a outra, e eu escreverei para você todos os dias até nos vermos novamente.

— Mas isso é daqui a seis anos!

— Não exatamente — diz ela, falando mais rápido. — Seu aniversário é daqui a quatro meses, então, na verdade, são apenas cinco anos e quatro meses. Isso dá... — Ela torce o rosto e sei que os números em sua cabeça estão passando rapidamente. Nanay é boa com números, diz que pode vê-los, de forma clara como se os estivesse escrevendo. — Mil novecentos e quarenta e cinco dias, mais ou menos. Então, vou lhe escrever mil novecentos e quarenta e cinco cartas, mais ou menos.

Acho que ela pensa que esses números tornam as coisas mais fáceis para mim, mas eles não me consolam tanto quanto a consolam. Tantos dias têm que passar, começando mais cedo do que eu imaginava. Começando amanhã.

— Sei que parece muito, mas a irmã Margaritte diz que é menos do que o número de passos que damos para ir até a praia e voltar: isso não é tão longe, não é?

— Então, cada dia é um passo?

— Exatamente. — A voz dela está calma outra vez. Ela beija a parte de trás da minha cabeça. — Um passo para nos aproximar.

Embora não sejam as palavras dela — Nanay nunca colocaria as coisas em termos assim tão gentis e suaves como a irmã Margaritte — elas ajudam. Imprimo mil novecentos e quarenta e cinco em meu cérebro ao lado de todos os outros números importantes: o meu aniversário e o de Nanay, o número de luminárias de latão na igreja, o número de identificação de Nanay.

— Também vou escrever para você — digo. Embora nunca tenha enviado uma carta a ninguém, tenho certeza de que vou dar um jeito. Talvez as pessoas do orfanato me ajudem. Ficamos sentadas remoendo nossos pensamentos em separado por um tempo. Fico me perguntando principalmente o que Nanay está pensando, e sobre como amanhã é mais cedo do que qualquer prazo com que eu poderia lidar.

— Você quer jantar? — Nanay diz, por fim. Meneio a cabeça. — Quer pegar algumas estrelas? A parede oposta está escura e eu nem tinha notado.

— Sim.

Nós nos separamos ressentindo as juntas devido ao tempo passado naquela posição e ajudo Nanay a se levantar. Ela pega o lençol da nossa cama e nós vamos lá para fora. O vento traz o barulho da nova rua e da taberna, mas eu a levo à minha clareira e as árvores em volta abafam o som. Ela estica o lençol no chão e nós nos deitamos.

— Como é atravessar o mar? — Eu só estivera no barco de Bondoc, mal passando pelo recife que circunda a ilha.

— Faz muito tempo que vim para cá — diz Nanay, pensativa. — Mas parecia um pouco com ser embalada em um berço. Tudo é instável no mar.

— Mas eu estarei segura?

— Sim, o canal do mar aqui é calmo. Todas as correntes puxam para terra em ambas as direções. Lembro que, quando cheguei, o barco pareceu se deslocar sozinho.

— Então, se eu caísse, flutuaria de volta para Culion?

— Não vá pensar bobagens, hein? — Nanay ri baixinho.

As estrelas encontram-se destacadas delicadamente contra a imensidão de um intenso azul-escuro. Tento separar o céu por seções e contá-las, mas toda vez que me concentro em uma estrela para começar a contar a partir dela, meus olhos são atraídos por outra e eu me perco. De vez em quando, uma estrela cadente corta o céu e Nanay e eu temos que apontar e dizer "Peguei!". Quem diz primeiro ganha a estrela. Normalmente, sou muito melhor nisso do que Nanay, mas desta vez só ganho por três.

Quando começa a esfriar, entramos. Não quero dormir, porque quando acordar já será amanhã, e Nanay parece sentir o mesmo porque ela sugere que contemos histórias.

Ela me conta sobre uma ilha com areias negras e florestas brancas onde gigantes vivem e estremecem a terra, e é aí que os tsunamis começam. É uma boa história e tenho que pensar muito em uma que seja tão boa. Então, conto a ela sobre um lugar em que o chão está de cabeça para baixo e as pessoas andam presas pelos pés, o céu se abrindo como uma boca abaixo deles. Eles nunca podem dormir porque perderiam o contato com o chão e cairiam nas nuvens.

— Essa é muito inteligente — diz ela. — Posso lhe contar mais uma?

Ela se deita de lado e se apoia no cotovelo.

— Era uma vez uma garota que estava apaixonada por um rapaz. Ele também era apaixonado por ela, mas estava muito doente e disse que não podiam ficar juntos. Ele se mudou para uma pequena cabana a muitos quilômetros de distância, mas a garota o seguiu. Ela disse que cuidaria dele. Eles queriam se casar, mas eram muito jovens e ele estava muito doente. Então, eles moraram juntos mesmo assim, e ele começou a melhorar.

— Foram muito felizes por vários anos. Eles embelezaram a cabana pintando o telhado de azul e direcionando o crescimento das flores vermelhas de *gumamela* para recobrir as paredes. São lindas flores abertas, com línguas finas se projetando do centro. Uma vez por ano, as borboletas chegavam e as faziam tremer como fogo. Dava para avistar a casa deles do alto das colinas circundantes, por causa do telhado azul e das flores vermelhas. Foi assim que eles foram encontrados.

— Passado um tempo, a família da garota foi procurá-la. Quando viram a cabana do alto da colina, esperaram até escurecer. Então, foram sorrateiros, dominaram o rapaz e levaram a garota de volta para casa. Ela estava muito triste e a tristeza entrou em seu sangue. Logo ela estava tão doente quanto o garoto. Sua família o culpava, mas ela sabia que era porque estava com o coração partido. Eles a enviaram para uma ilha onde vivem todas as pessoas de coração partido, e ela pensou que morreria sem nunca mais ser feliz. Mas estava errada.

— O rapaz havia lhe dado um presente antes de ela ser levada, e agora o percebia se desenvolvendo dentro dela. Sua barriga cresceu e logo o presente estava pronto. De seu corpo saiu uma brisa linda e maravilhosa, com o doce cheiro de chuva. Ela a chamou de Amihan, em homenagem aos ventos que trazem as monções, e também são vivificantes. A brisa deu vida à garota e a fez feliz por muitos anos, até que chegou a hora de a brisa seguir em frente. Mesmo depois que a brisa se espalhou pelo vasto mundo dos Lugares Lá Fora, deixou-lhe amor suficiente para toda uma vida.

Espero a quantidade certa de silêncio antes de falar.

— Mas Nanay, você não terá que esperar a vida inteira. Volto em mil novecentos e quarenta e cinco dias. Mais ou menos.

Nanay ri tristemente.

— A casa era sua e do Ama? A casa das borboletas.

— Sim. Era bonita.

Eu posso vê-la nitidamente de cima, como um pássaro o faria. O telhado azul, as paredes de fogo.

— Ama está bem agora?

Nanay rola e se deita de costas para que eu não possa mais ver seu rosto.

— Não sei se ele ficou melhor.

A verdade me ocorre.

— Ele foi Tocado?

Nanay coloca o braço sobre os olhos.

— Sim.

— Como ele era?

Nanay hesita.

— Eu não sei como resumi-lo. É difícil, não é? Descrever uma pessoa apenas com palavras, quando ela pode conter mundos inteiros. — Ela engole em seco. — Ele era baixo. Sempre cortava o cabelo torto de um lado. Suas mãos eram ásperas. Ele foi o homem mais amável que já conheci.

— Queria tê-lo conhecido.

— Você é tão parecida com ele... seu sorriso, seus olhos. Sua bondade. Você é o meu mundo agora.

Busco a mão dela. E ficamos respirando juntas no escuro.

A PARTIDA

Quando acordo, há uma pequena trouxa ao meu lado e, sentindo uma pontada, percebo que Nanay fez as malas para mim. Sento-me na cama por um longo tempo, olhando para o quarto em que passei todas as noites desde que nasci. Entalhes no batente da porta registram minha altura, desde quando consegui ficar de pé, até o aniversário do ano anterior. Pergunto-me qual será minha altura na próxima vez que Nanay me medir. É provável que eu esteja maior que ela — ela não é muito alta.

Nanay enfia a cabeça para dentro do quarto.

— Aí está você — ela diz num tom de voz animado demais, o que significa que está tentando parecer forte. — Eu preparei o café da manhã.

Comemos frutas no nosso jardim mirrado, mas tenho dificuldade para engolir. Quero que esta parte termine logo, embora não queira partir. Acho que a parte de já ter partido não será pior do que a partida em si.

A irmã Margaritte chega no momento em que terminamos as metades de nossa manga. Nanay fica rígida e diz:

— Limpe seu rosto, Ami.

Mordo meu lábio com tanta força que sinto o gosto do sangue. Deve haver uma maneira de ficar. Eu gostaria de ter pensado mais a respeito dessa questão, ter sabido o que fazer. Nanay me entrega a trouxa. Posso sentir as bordas duras em seu interior e ela diz:

— Seu presente está aí, como prometi. *Habilin*, como proteção até que voltemos a nos ver.

As palavras de despedida estão chegando, e ela está elaborando as frases para prolongá-las, como faz quando vai visitar amigos no hospital que não voltarão mais para casa. A irmã Margaritte nos conduz para fora.

Mantenho as costas retas e os olhos voltados para a frente. Há uma carroça do lado de fora, guiada por um condutor — mais um estranho — e cinco outras crianças, sentadas ao longo das laterais. Todas também carregam consigo trouxas. Datu é uma delas, e duas meninas da escola, mas a maioria da nossa turma não está no veículo. O bebê de Diwa também não está lá.

— Uma carroça? — estranha Nanay. — Nós não as acompanharemos até o porto?

— Elas devem ser levadas para o novo porto. O... — A irmã Margaritte franze o nariz. — O porto identificado como *São*. Fica ao norte daqui, cruzando a floresta.

— Entendo. — Nanay se engasga com as palavras. Então, pigarreia e inclina-se para me abraçar.

— Comporte-se. Seja educada. Procure ser útil.

— Farei isso, Nanay.

Ela se curva e me abraça com força.

— Deixe-me orgulhosa. Faça amigos. Vou escrever para você.

Ela assente para a irmã Margaritte, que parece tão triste quanto eu me sinto.

— Vejo você em mil novecentos e quarenta e cinco dias — eu digo.

— Mil novecentos e quarenta e *quatro* dias — ela corrige. — Ou mais ou menos isso.

Subo na carroça e a irmã Margaritte senta-se ao lado do condutor. As mulas começam a andar.

— Esperem!

Bondoc vem descendo a rua com determinação, Capuno apressando-se logo atrás. Movo-me para a traseira da carroça e cada um dos irmãos se aproxima para me abraçar.

Bondoc sussurra em meu ouvido:

— Eu cuidarei dela, Ami. Com ou sem segregação, eu a visitarei o máximo possível. E cuidarei de você o melhor que puder. Escreverei para saber como você está, e a visitarei quando estiver instalada.

Ele me solta e pula da carroça.

Quando as mulas retomam o passo, Nanay beija as duas mãos e sopra os beijos para mim. Capturo-os rápido como estrelas cadentes e os guardo no bolso. Bondoc envolve os ombros de Nanay com um dos braços e eu sei que ele cumprirá sua promessa, mesmo que raramente possa vir da região identificada como *São*. Isso deveria tornar as coisas um pouco melhores. Deveria.

Eles acenam até a carroça dobrar a esquina. Meus braços e pernas estão pesados, o sangue rugindo nos meus ouvidos. Meus dedos formigam e eu os pressiono contra a trouxa. Posso sentir pelo tamanho e peso que é a bacia de metal para cozinhar de Nanay. Sei que é a coisa mais preciosa que ela possuía, e tudo isso só porque lhe dei uma frutinha seca.

O menino mais novo, Kidlat, está fungando. Ele não deve ter nem 5 anos de idade, e ninguém toma a iniciativa de confortá-lo, então, eu me desloco com cuidado em sua direção e pouso meus braços em volta dele até que pare de chorar. O calor que seu pequeno corpo emana concentra o meu foco. Coletamos mais três crianças: Tekla e duas Igme (uma alta, outra baixa), todas elas meninas que eu conheço da escola, mas que não falam comigo. A cada porta que passamos há uma mãe ou um pai ou ambos, chorando e mandando beijos de despedida. É uma cena difícil de testemunhar, então, mantenho os olhos fechados até que a carroça comece a se movimentar de novo.

Nossa parada final é na casa do doutor Tomas. O médico está do lado de fora, aparentando cansaço, cercado por malas quadradas. A irmã Margaritte desce para cumprimentá-lo e, por um momento, acho que quem se juntará a nós é o médico em vez do senhor Zamora. Mas, então, o colecionador de borboletas surge de dentro da casa, usando um chapéu de palha branco e segurando uma caixa de vidro um pouco menor que uma mala. O sol reflete no vidro, projetando pontos de luz intensos que fazem estrelas pipocarem nos meus olhos, mas quando o senhor Zamora o desliza com delicadeza para o banco da frente da carroça ao lado do condutor, todos nós esticamos o pescoço para espiar.

Em seu interior, há fileiras e mais fileiras de varetas de madeira, dispostas horizontalmente através de orifícios no vidro como os degraus de uma escada. Penduradas em cada uma dessas varetas estão o que parecem ser folhas secas, dez ou mais em cada. Elas balançam quando o senhor Zamora deposita a caixa de vidro, como se pudessem cair.

— Para trás! — vocifera o senhor Zamora, e Kidlat volta a choramingar. — Não toquem!

— O que é isso? — pergunta Lilay, uma das meninas mais velhas.

— São crisálidas — diz Zamora.

— "Crisa" o quê?

— Casulos de pupas — esclarece a irmã Margaritte.

— Para onde as lagartas vão para se transformarem em borboletas.

— De fato. E elas são muito delicadas. Se tocarem nelas... — O senhor Zamora percorre o olhar por cada um de nós. Eu baixo os olhos. — Vocês serão punidos. Ter de transportá-las desse modo tão... rústico não é o ideal.

— Você poderia usar o porto daqui — diz o condutor. — Ser mais gentil ao permitir que os pais acenassem para os filhos durante a despedida. A maioria deles nunca esteve antes em um barco.

— Agora é um porto identificado como *Leproso* — retruca o senhor Zamora. — O porto a nordeste será onde o transporte dos identificados como *São* está organizado.

— Talvez você queira ter mais tempo? — sugere a irmã Margaritte, um pouco intensa, meio esperançosa. — Aguardar até que as estradas sejam pavimentadas e uma forma de transporte menos *rústica* possa ser trazida dos Lugares Lá Fora?

— E passar mais um dia na Colônia de Leprosos de Culion? — Ele sorri quando ela se encolhe. — Acho que deixei minha posição quanto a isso bem clara, irmã. — Ele se vira para o doutor Tomas. — Quando estiver pronto, doutor!

O doutor Tomas se sobressalta e começa a colocar o restante das caixas e malas na carroça. Há cinco caixas marrons no total, duas vão na frente com o senhor Zamora e três atrás, cada qual com furos no topo para deixar o ar entrar. Abaixo a cabeça para ouvir, mas não há som saindo delas.

O senhor Zamora supervisiona o processo como se o médico fosse um criado. Quando a bagagem está carregada e o chão da carroça está tão cheio que mal conseguimos mexer os pés, o senhor Zamora tira um lenço branco imaculado do bolso e cobre o corrimão em que se apoia para se sentar no banco da frente. Ele deixa o lenço cair na terra e ergue devagar a caixa de vidro sobre o colo, fazendo as crisálidas balançarem.

A irmã Margaritte faz menção de subir ao seu lado, mas o senhor Zamora levanta a mão, bem na cara dela.

— Não há necessidade, irmã. Eu os levo a partir daqui.

A irmã Margaritte apruma o corpo com altivez.

— Eu cuido dessas crianças há anos. Não vou deixá-las partir com alguém que mal conhecem.

— Você não tem escolha, irmã — diz Zamora em um tom de voz sem um pingo de pesar. — Suas novas responsabilidades chegarão em breve. Você terá uma escola inteira de crianças leprosas com que se preocupar. Além disso, sei muito bem o que estou fazendo. — O senhor Zamora vira-se em seu assento. — O governo encarregou-me de garantir que todos vocês, jovens promissores, tenham um bom começo em suas novas vidas. Eu irei dirigir o orfanato.

Seus lábios se contraem, afastando-se dos dentes na tentativa de esboçar um sorriso reconfortante. A boca de Kidlat treme e ele se aconchega mais junto de mim. A irmã Margaritte hesita e recua. Parece que acabou de perder no cabo de guerra, os ombros caídos. Ela sobe na parte de trás da carroça e abraça cada um de nós.

— Vocês devem chegar lá ao pôr do sol — ela funga.

— Eu já estive em Coron. É um lugar acolhedor, tenho certeza de que vocês serão felizes lá.

Estudo seu rosto, mas ela parece estar dizendo a verdade. Talvez sejamos *mesmo* felizes lá, apesar de não estarmos com nossas famílias. Nanay certa vez me contou uma história sobre uma cidade administrada por crianças. Elas permaneceram jovens para sempre e era um lugar divertido.

Eu me atenho a esse pensamento animador enquanto o senhor Zamora diz:

— Vamos logo com isso, então.

Observo a irmã Margaritte assistindo-nos partir. Sua mão repousa no ombro do doutor Tomas e os dois permanecem imóveis no lugar. Quando dobramos a esquina, ela está tão pequena quanto meu antebraço, uma boneca vestida de preto. As mulas nos conduzem para fora de Culion, passando por todas as casas, o hospital e a igreja, e sob uma nova placa afixada no alto da estrada entre dois postes:

COLÔNIA DE LEPROSOS DE CULION
ÁREA RESTRITA

    O senhor Zamora tira o chapéu para a placa como que se despedindo, solta um longo suspiro e inspira o ar de maneira ainda mais demorada.
    — Livres, crianças! Ar puro daqui em diante.

A PARTIDA

Só paramos quando alguém precisa ir ao banheiro. Sinto-me nauseada tanto pela tristeza quanto pelo sacolejar da carroça, então, tenho que me concentrar muito para conter a ânsia de vômito, assim como fiz com as lágrimas. Ninguém está falando. Eu tento chamar a atenção de Tekla, a garota sentada à minha frente, mas ela está com os braços cruzados e uma expressão dura no rosto. Kidlat adormece no meu colo e fico compenetrada em permanecer bem quietinha por ele, o que é fácil com toda minha experiência em esperar por borboletas.

O senhor Zamora cruza suas pernas de inseto diante de si, seus braços uma jaula protetora ao redor da caixa de vidro, e coloca o chapéu de palha branco sobre o rosto. Logo, está roncando alto e não há nada a fazer além de observar as árvores passarem.

A trilha que estamos seguindo está bastante gasta, mas não sei dizer por quem. Nunca conversei com alguém que deixou nossa cidade ou que veio deste lado da ilha. A floresta é um tapete espesso de bambus e xaxins. Sempre que o senhor Zamora ronca particularmente alto, pássaros verdes se espantam e fogem das árvores. Seus trinados soam como gatos brigando.

O caminho se divide e o que seguimos fica cada vez mais estreito, e não demora muito as folhas estão roçando nossas cabeças. Em todo lugar que olho, flores de *gumamela* salpicam a floresta e lembro-me da história de Nanay sobre a casa no vale, o garoto de quem ela foi tirada. Meu *ama*. Talvez ele seja enviado para ela agora que todos os Tocados estão vindo para Culion. Talvez ele e Nanay voltem a se encontrar. Este é o pensamento mais feliz que tive o dia todo.

Passamos por um bosque de mangueiras negligenciado e o cheiro doce faz minha boca salivar. É evidente que o bosque foi abandonado há muito tempo. As árvores cresceram emaranhadas, e os galhos pendem pesados com as frutas. Datu inclina-se quando passamos e apanha uma manga. Eu rio junto com os outros quando a casca se divide em sua mão, mas, ao virá-la, sua polpa está preta e cheia de moscas, e paramos todos de rir quando ele a atira para fora da carroça. Ele se senta com a mão lambuzada estendida, observando-a com cuidado, como se pudesse tentar pular em seu rosto.

Estamos quase fora do bosque de mangueiras quando Tekla aponta e grita.

— Cobra! Cobra!

Eu me viro, o coração batendo acelerado. É apenas uma trepadeira-jade estrangulando um galho, mas as mulas se assustam com seu grito e fazem a carroça guinar para o lado. Seguro-me para me firmar enquanto o condutor as contém e ouço o som de algo se estilhaçando na frente da carroça. A caixa de vidro se espatifou na terra. E, ao lado dela, as duas caixas marrons tombaram, suas tampas com furos para respirar tortas. O senhor Zamora tenta agarrar a mais próxima, mas apenas colide com a tampa, abrindo-a.

E, de repente, o ar está tomado por asas.

Uma revoada de borboletas esvoaça para o alto, reluzindo seus roxos e amarelos e verdes, cintilando como um lenço lançado ao ar. Fico boquiaberta, a poeira fazendo cócegas na minha garganta e cobrindo também a minha língua quando o senhor Zamora chuta a estrada ensandecido.

— Detenham-nas! — ele berra, sua garganta fina inflando como um sapo-boi. Mas ninguém está prestando atenção nele. Tudo o que podemos ver são as borboletas, e só consigo pensar em Nanay. Há cerca de duas dúzias delas, voando de maneira sinuosa em direção ao bosque de mangueiras como se fossem um só corpo, ou uma chama, ou cinzas de uma chama. E assim como as cinzas, elas se espalham quando uma mão longa e fina tenta agarrá-las.

— Não! — grito quando uma delas, de corpo grande e asas roxas, é derrubada de sua corrente de ar, suas cores repentinamente apagadas pela gaiola escura da mão do senhor Zamora. O restante se afasta tal qual uma rabiola de pipa. Tento acompanhar o rastro delas, mas, mais uma vez, é como acontece com as estrelas. As sombras mudam e alteram o ponto focal, tornando-as impossíveis de se acompanhar.

É como se alguém tivesse feito um relógio voltar a bater. Todos nós tornamos a desabar em nossos lugares quando as borboletas desaparecem, e o senhor Zamora leva a mão ao olho e espia dentro dela. Ele suspira de forma profunda e fecha a mão, apertando-a em um punho. Ouço um som débil e quebradiço, como a casca de uma noz se partindo. Ele respira fundo antes de falar, sua voz baixa e séria.

— Eu danifiquei a asa — diz ele a ninguém em particular, descartando o corpo fragmentado no chão, limpando sua mão. — Não serve mais para nada.

Ele se vira de repente para nós.

— Quem foi que gritou?

Ninguém olha para a garota que gritou "cobra". Eu me concentro em um ponto logo atrás da orelha esquerda dele.

— Seja quem for, você me fez perder trinta dos meus melhores exemplares. Se qualquer um de vocês der um pio de agora em diante, farei com que vá andando o restante do trajeto.

Ele fica encarando a todos nós por mais alguns instantes, então se curva, retirando um lenço limpo do bolso. Utiliza-o para pescar com cuidado por entre os cacos de vidro três dos gravetos, as crisálidas balançando no ar. Ele as deposita sobre seus longos antebraços e sobe na carroça ao lado do condutor. Nós seguimos viagem.

Após algumas horas de silêncio, as árvores começam a se espremer contra a carroça. O condutor tem que parar algumas vezes para cortar a folhagem com um facão.

— Tem certeza de que este é o caminho certo? — questiona o senhor Zamora. — Foi-me assegurado de que a trilha havia sido preparada.

O condutor dá de ombros.

— Nunca passei antes por estas bandas. Vão mandar uma equipe de trabalhadores na próxima semana para ampliá-la.

O sol está se pondo e a floresta parece ainda mais impenetrável do que antes. A estação das chuvas está se aproximando e as árvores parecem ter esticado seus galhos, preparando-se para captar a água.

Sou inundada por um sentimento, como um anzol atrás do meu umbigo. O senhor Zamora e o condutor não estão olhando. Se eu conseguisse de alguma forma dizer aos outros para ficarem em silêncio, talvez eu pudesse escapar. Talvez alguns deles viessem comigo.

Mas então o anzol se solta e a prudência logo invade meus pensamentos. Não demorariam muito para me alcançarem. E mesmo que eu retornasse para Nanay, ela só teria problemas e eu seria mandada de volta. Nada mudaria.

O condutor está subindo de novo na carroça, estalando a língua, e voltamos a avançar pela floresta.

Não paramos novamente até que as árvores ficam esparsas e terminam do nada. À frente, o mar é plano como uma poça, com o mesmo tom cinzento arroxeado do céu do crepúsculo. Viajamos um dia inteiro, afastando-nos da Cidade de Culion. Nanay irá preparar o jantar, ou então irá se sentar no nosso degrau da frente com um refrescante chá. Talvez Bondoc e Capuno estejam com ela. Vejo-a com tal clareza que é como se eu estivesse lá também. Fecho os olhos por um momento. Tenho que manter esta imagem bem guardada.

A praia aqui é feita de lajes de pedra irregulares que se transformam em tambores sob os cascos das mulas. É um porto, construído às pressas. Ele se curva como um colar colocado na beira da floresta, com postes de luz que brilham como joias acesos em intervalos variáveis. Por mais inacabado que esteja, parece grandioso demais para estar situado aqui no meio do nada. O senhor Zamora deve ter ordenado que o porto dos identificados como *São* fosse uma das primeiras coisas a serem construídas. As estrelas são filtradas pelas nuvens finas, e a lua está começando a impor sua presença. E repousando na água há uma embarcação, maior do que aquela que trouxera os Tocados.

— Um navio! — diz animado um dos garotos, mas não é como eu pensava que seria um navio. Não há velas, escadas de corda ou mastros. Apenas uma coluna de metal arrotando fumaça e um casco liso e cinza, fino e pontudo. É tão deplorável quanto a razão de estar aqui, uma nuvem de tempestade que não oferece esperança de alívio com a chuva.

Há homens aqui, com rostos acinzentados e expressões fechadas. Eles carregam a bagagem do senhor Zamora, que fica zanzando ao redor deles, buzinando: "Com cuidado, com cuidado!", enquanto transportam as caixas de borboletas para a escuridão do navio.

Nós aguardamos na carroça reunidos em silêncio, até que somos descarregados como as bagagens, sem nos dirigirem palavras ou sorrisos. O senhor Zamora desdobra um pedaço de papel e lê um nome de cada vez, para verificar se estamos todos presentes. O pequeno Kidlat levanta a mão ou ouvir o seu nome e eu tenho que responder por ele.

Atravessamos a prancha estreita e Kidlat segura a minha mão para se firmar enquanto o navio balança. Somos levados a uma cabine de teto baixo, onde nos fazem sentar em bancos ao longo das paredes. Tudo é de metal e aparafusado ao chão. O cheiro é metálico também, e provoca tontura. Faz o meu estômago começar a embrulhar.

O senhor Zamora não nos acompanha. Ele passa pela cabine ao longo do convés estreito e se dirige até a proa. Permanece com o rosto apontado para a frente mesmo quando a embarcação começa a se mover, tão suavemente que levo um tempo para perceber que estamos partindo — partindo para valer.

Todo mundo se aglomera, pressionando as mãos contra a grande janela traseira, para observar o contorno montanhoso e irregular de Culion afastar-se e desaparecer no horizonte. Até os meninos, que se preocupam em parecerem durões, choram quando perdemos as luzes do colar do porto para a distância escura da noite.

— Acomodem-se, crianças — diz um dos homens, empregando um tom de voz que não é isento de sensibilidade. — Levará algumas horas até chegarmos a Coron. Eu dormiria um pouco, se fosse vocês.

No fim, os outros se afastam da janela e tentam se acomodar no chão duro. Eu permaneço com o rosto virado para trás, como se o senhor Zamora e eu fôssemos dois pontos opostos no mostrador de um relógio, ou de uma bússola, ambos sendo atraídos por alguma coisa e repelindo outra.

O ORFANATO

Estar no mar é como aqueles minutos depois que você gira o corpo o mais rápido possível — caminhar em linha reta fica difícil quando seu corpo fica rememorando o girar. Tudo se inclina quando não deveria, mesmo quando você está parada. Meu pescoço dói e meus olhos coçam, mas não durmo e não paro de olhar para Culion, mesmo quando já não é mais do que uma direção em algum ponto no mar. Perco a noção do tempo, mas ele passa o bastante para que as manchas no céu se intensifiquem para um azul mais escuro. A lua é brilhante como um sorriso e as estrelas são tantas e caem com tamanha frequência que fazem meu peito doer de saudade de Nanay.

Vez ou outra, a figura alta do senhor Zamora passa pela ampla janela enquanto anda pelo convés. Ele caminha com as mãos unidas nas costas, a cabeça projetada para a frente. Fala muitas vezes consigo mesmo, mas em silêncio, seus lábios movendo-se rápido atrás do vidro. *Ele é doente*. As palavras de Capuno estavam carregadas de pena, e agora eu posso senti-la, por um breve instante, enquanto observo o representante autorizado do Diretor de Saúde zanzar sozinho e conversar com ninguém.

Quando o senhor Zamora, fora de vista na proa do navio, grita: "Terra à vista!", finalmente olho para a frente, esfregando o pescoço dolorido enquanto os outros começam a se mexem e despertar. Há luzes a distância, como o porto de Culion. Quando atracamos, há uma carroça com dois cavalos aguardando, como se tivéssemos feito um círculo lento e retornássemos de onde partimos. Mas os animais são de outra cor, o condutor é um homem diferente, e o porto tem uma cidade ao fundo, suas construções mais uniformes do que em Culion, as estradas mais largas. Somos descarregados do navio e voltamos a ser carregados na carroça. Não há floresta aqui, apenas uma ampla estrada de terra que foi bem nivelada, as pedras retiradas. Algumas casas ainda estão com as luzes acesas, mas as persianas fecham bruscamente quando passamos.

Meu peito é assolado por um forte pesar. Cada passo que os cavalos dão arrasta-me para mais longe de casa em direção a uma nova vida. Não se parece nada com uma aventura.

A estrada faz uma curva para a direita e subimos uma colina íngreme, os cavalos esforçando-se e respirando com dificuldade. Quando a estrada se nivela, estamos diante de um par de portões de madeira. Os cavalos param, bufando quando o condutor desce para abri-los.

Depois dos portões, as árvores retornam à paisagem, e logo à frente a forma de um grande edifício estende-se pelo terreno. Uma porta se abre no centro e uma figura sai, sua silhueta recortada contra a luz. Vejo uma débil luminosidade tremelicar na janela superior direita, mas logo desaparece e ouço persianas se fechando. Talvez as outras crianças estejam nos observando chegar. Meu peito aperta. Espero que elas gostem de nós.

A figura adquire as proporções de uma pessoa. É uma mulher, de rosto severo, uma lua flutuando em seu hábito cinzento. Meu coração dá um pulo, mas é claro que não se trata da irmã Margaritte. Essa mulher tem bochechas mais pronunciadas, e seus lábios estão franzidos num biquinho, conferindo-lhe um pouco a aparência de um esquilo ao mastigar.

— Irmã Teresa — diz o senhor Zamora, de maneira esfuziante, enquanto desce rigidamente da carroça. — Que prazer vê-la de novo.

— Senhor Zamora. — A irmã Teresa assente. Dá para ver que ela não o aprova. A freira nos examina quando descemos da carroça. Acho que não aprova nenhum de nós. Minha perna ficou dormente e tenho que bater nela algumas vezes para que o sangue volte a fluir com um formigamento. Posicionamo-nos em fila como se para inspeção, embora ninguém tenha nos mandado fazer isso.

— Vocês estão bem treinados — observa de modo seco a irmã Teresa, pondo-se a caminhar devagar ao longo da fila, perguntando nossos nomes. — Está tarde — diz ela depois de nos apresentarmos. — Vocês devem estar cansados. — Kidlat boceja como se fosse uma deixa e ela ergue as sobrancelhas para ele. — Cubra a boca da próxima vez. Por enquanto, vou lhes mostrar suas camas. Amanhã, explicarei as regras. Hoje à noite, duas bastarão: nada de conversas depois do horário de dormir e nada de sair da cama à noite, a menos que vocês precisem ir ao banheiro. Entendido?

Todo mundo concorda com a cabeça, exceto eu, que verbalizo "Sim, irmã Teresa", de modo cantado, como na escola. Duas garotas soltam risadinhas e os olhos da freira se movem rápido na minha direção. Não sei dizer se com aprovação ou não.

— Meninos, sigam o senhor Zamora. Meninas... — Ela gesticula para o interior e à direita. — Sigam-me.

O senhor Zamora pigarreia.

— Irmã Teresa, devo entender que serei acomodado no dormitório?

A irmã Teresa havia se virado e se afastado, mas agora gira devagar nos calcanhares, de modo que parece que é o chão que se moveu em vez de ela própria. Ela é um pouco assustadora.

— Sim — ela diz em tom cortante. — Entendeu certo.

O senhor Zamora não se deixa intimidar.

— Fui levado a crer que teria meus próprios aposentos.

Os lábios da irmã Teresa se contraem.

— E você os tem.

Ela aponta para uma sombra à direita do edifício, aparentando ser uma pilha de varas de bambu.

— Pode ficar lá, se desejar.

Alguns dos outros riem e o senhor Zamora olha furioso para nós.

— Por que não estão prontos?

— Porque você estava com tanta pressa para tirar essas crianças de suas famílias que chegou cedo. Venham, meninas.

Mas antes que a irmã Teresa possa nos conduzir para dentro, o senhor Zamora se põe na frente dela. Sua voz é enjoativamente doce, mas parece carregar uma lâmina embutida.

— Irmã, não vamos começar com o pé esquerdo. Preciso recordá-la de que o financiamento para este lugar depende inteiramente dos meus planos de trazer as crianças de Culion para cá? De que o governo pagou para construir o novo andar sob as minhas ordens? — Ele gesticula para o orfanato atrás de si.

Percebo que a parte superior do edifício, de fato, parece mais nova, sua pintura mais viva, e há vidro nas janelas, enquanto que no piso inferior há somente persianas.

— E se não podemos nos dar bem — prossegue o senhor Zamora —, não será a minha posição que estará em risco. Será que estamos entendidos?

Não consigo enxergar o rosto da irmã Teresa, mas sua voz soa tão doce e perigosa quanto a dele.

— Perfeitamente. — Dito isto, ela passa decidida por ele e se encaminha para o interior do prédio como se usasse uma capa de seda e não um hábito de algodão.

Olho de relance o senhor Zamora antes de seguir com as outras crianças. Seus lábios apertam-se com tanta força que estão brancos. Ele me pega olhando e um som sibilante escapa de sua boca. Abaixo a cabeça.

A luz irradia das velas na sala central. Seus detalhes são destacados pelo brilho suave — mesas, cadeiras, uma lousa vazia manchada. Há portas de saída situadas em cada lateral da sala, outra ao lado da lousa e uma série de degraus estreitos que sobem, desaparecendo na escuridão.

Viramos à direita e entramos em nosso dormitório, com catres e cobertores finos que servem como camas. Alguém funga alto. A irmã Teresa mostra a cada uma de nós uma cama na penumbra e indica a direção do banheiro. Um repentino alvoroço surge acima de nossas cabeças e eu penso que são ratos até a irmã Teresa franzir a testa e se retirar para o andar de cima. Ouvimos suas advertências abafadas e tratamos de ocupar rápido e em silêncio nossas camas.

A minha está situada na outra extremidade do aposento. Está encalombada em todos os pontos errados e cheira ligeiramente a urina de cavalo. Há entalhes na parede ao lado da minha cabeça — um bonequinho palito com cabelos longos e a letra "M". À medida que a noite cai, ouço as ondas batendo na rocha, como se eu estivesse dormindo sobre o mar. A noite inteira parece transcorrer à deriva, a estranheza aguda e desconfortável como espinhos. E é só quando pressiono meus dedos nos ouvidos e cantarolo uma das canções de ninar de Nanay que consigo começar a adormecer.

OS ÓRFÃOS

A irmã Teresa ronca. Acordo cedo por causa disso e permaneço deitada com um emaranhado de nós no estômago, ouvindo-a. Por duas vezes durante a noite, estendi o braço buscando por Nanay e encontrei apenas o vazio. Estamos todas com os olhos vermelhos da noite mal dormida e relutantes em levantar quando ela caminha de um lado para o outro da sala tocando uma sineta. A sala parece ainda mais esparsa na luz cinzenta da manhã. É maior do que eu imaginava, e há uma fileira inteira de camas vazias contra a parede dos fundos sem janelas. As persianas do meu lado se abrem para o pátio negligenciado, coberto de vegetação, onde chegamos.

A irmã Teresa nos instrui a trocar nossas roupas de viagem. Todas nós adormecemos nelas e parecemos amarrotadas como trapos. Ela as coleta em uma pilha e as entrega para Tekla.

— A primeira tarefa é lavar as roupas. Vamos organizar um rodízio. Há sabão em uma caixa na minha mesa.

Vocês devem pedir permissão antes de usá-lo, pois não estamos totalmente preparados para esse número de crianças. Conseguirei mais suprimentos hoje, mas ainda assim usamos nossos recursos com moderação, entendido?

Não sei como responder depois de ser a única a me pronunciar da última vez, mas a irmã Teresa está me olhando com expectativa, então respondo:

— Sim, irmã Teresa.

— Obrigada, Amihan. Meninas, por favor, sigam o exemplo dela. Caso contrário, parece que estou falando sozinha.

Tekla cutuca uma das irmãs Igme e elas riem baixinho.

— Dona Certinha — sibila Tekla. Um calor sobe pelo meu rosto, mas a irmã Teresa não a ouve.

— Depois de deixá-las apresentáveis, vocês poderão conhecer as outras crianças. Elas estão ansiosas para conhecê-las. — Lembro-me dos sussurros e do alvoroço e espero que ela esteja dizendo a verdade. — Vamos começar, então. Sigam-me.

Nós obedecemos, Tekla torcendo o nariz para a roupa suja em seus braços. A porta do dormitório dos meninos está fechada, então, a irmã Teresa abre-a e fica parada na soleira tocando a sineta até ouvi-los despertar.

— Troquem-se e vistam roupas limpas; depois, juntem-se a nós lá fora — ordena ela. — Senhor Zamora?

Seu rosto aparece repentinamente próximo da porta. Pela sua aparência, os olhos vermelhos injetados e trajando as roupas do dia anterior, acho que ele não pregou os olhos.

— Você precisará assegurar que os meninos se levantem mais cedo no futuro. Não podemos começar tão tarde o dia.

A irmã Teresa não sobe as escadas, então, temos que esperar para conhecer as outras crianças. Seguimos a freira até o lado de fora, deixando o senhor Zamora com uma cara de quem se levantou da cama com o pé esquerdo, se é que ele chegou a se deitar.

A carroça ainda está lá, o condutor dormindo na parte de trás. A irmã Teresa passa por ele, conduzindo-nos em silêncio, e desconfio que ela acredite que seu descanso é mais merecido do que o do senhor Zamora.

Quando os meninos se juntam a nós, esfregando os olhos à luz da manhã, partimos do pátio e descemos uma trilha estreita pela floresta densa.

Kidlat mantém-se logo atrás de mim. Seus olhos castanhos estão arregalados e assustados, os cílios colados em pontas por chorar. Ele vestiu sua túnica do avesso e eu me agacho para virá-la da maneira certa. Ele me observa de perto, choramingando quando puxo seu polegar da boca para que eu possa manobrar seu braço e colocar de volta pela manga correta. Pego sua mão rechonchuda e corremos para alcançar os outros.

— Este é o caminho para o rio — está explicando a irmã Teresa. — Vocês podem vir aqui quantas vezes quiserem, contanto que nunca percam as aulas e contem a alguém para onde estão indo.

O dia já está carregado de um calor úmido e pegajoso que paira sob as árvores e torna sua sombra desconfortável. A luz banha a todos de um verde-escuro, como o das folhas de um nenúfar. Sigo atrás de uma das irmãs Igme, mas ela parece estar interessada apenas em ser amiga da garota chamada Lilay. Elas caminham bem juntas, suas cabeças inclinadas e seus corpos virados ligeiramente uma para a outra para se encaixarem no caminho estreito. Nanay é a única pessoa para a qual já contei segredos, e sinto um horrível aperto no coração que irradia desânimo para as minhas pernas. Ela é minha única amiga de verdade, e ninguém aqui parece interessado em conversar comigo. Kidlat, que nem fala, não conta.

Pisco rápido de perplexidade quando nos aproximamos de um rio largo e raso. Ele produz um som de água correndo sobre as pedras e, na margem oposta, a floresta pressiona-se contra a borda, arrastando galhos e folhas ao longo da superfície. As flores se espalham aqui e acolá como leques.

— Aqui é onde vocês podem se lavar, a partir deste ponto. — A irmã Teresa indica uma grande pedra e tira a caixa de sabão de seu hábito. — Revezem-se para se lavar. Estabeleceremos um rodízio adequado em breve. Kidlat, você vai primeiro.

Leva uma hora para todos nós ficarmos limpos e secos com os trapos que a irmã Teresa retira de outro bolso. Ajudo Tekla com a roupa suja até chegar a minha vez de tomar banho, enxaguando as roupas e depois esfregando-as com sabão na grande pedra, mas ela ainda assim não sorri para mim. Suponho que essa é a maneira dela de lidar com o fardo em seu peito.

A minha é guardar de cabeça todas as coisas que vejo e faço, para que eu possa escrevê-las em minha carta a Nanay. Até agora, tenho a jornada até aqui — carroça, navio, carroça —, a sineta que a irmã Teresa usa e seus bolsos aparentemente intermináveis. Espero que o modo como a irmã Teresa trata o senhor Zamora faça Nanay rir.

Não há sinal algum dele quando retornamos, mas o condutor da carroça acendeu a fogueira e está cozinhando uma generosa omelete. Há um montinho de cascas de ovos a seus pés. Fico salivando quando ele acrescenta um punhado de cebolinha selvagem.

— Este é Luko — diz a irmã Teresa. — Duvido muito que tenha se apresentado a vocês, ele não fala muito. Luko é nosso cozinheiro, mas em breve teremos mais funcionários chegando do continente.

Luko se vira agachado e assente para nós. Sua constituição física é semelhante à de Bondoc, e seus cabelos crescem reto para cima e para fora da cabeça. Incluo na carta que guardo de cabeça o fato de que temos um cozinheiro.

— Vou buscar as outras crianças e vocês podem fazer suas apresentações no café da manhã. Luko, por favor, busque Tildie para mim, sim?

Luko afasta a frigideira do fogo e se dirige para a lateral do prédio. Igme e Lilay começaram a sussurrar quando a irmã Teresa desaparece na sombra do orfanato. À luz do dia, vejo que o prédio tem dois andares como a casa do doutor Tomas, mas é pelo menos seis vezes mais largo e não possui varandas. É pintado num amarelo desbotado, sendo a seção mais nova de um tom mais vivo e, acima da porta, em letras grossas e pretas, lê-se ORFANATO DE CORON. No topo, um galo de bronze gira ao sabor do vento.

As persianas estão abertas na janela superior direita, e pergunto-me se quem nos viu chegar na noite anterior nos observou sair para o rio hoje de manhã. Ouvimos o pisar de muitos pés nas escadas, e a irmã Teresa organiza duas fileiras de crianças piscando sob a luz do sol. Todas usam roupas gastas, mas não amassadas, e seus rostos estão limpos, os cabelos escovados e penteados, divididos ao meio com perfeição. A irmã Teresa ocupa o centro e elas se separam em uma fila reta de cada lado seu, meninos de um lado, meninas do outro. Parece que estamos prestes a começar um jogo, e o nosso lado de Culion perderia. Kidlat desliza sua mão na minha.

Todos olham para a frente, exceto uma garota na extremidade de sua fila. Ela é mais pálida do que as outras, mais do que qualquer uma de nós, com os cabelos claros e desgrenhados, formando uma auréola em volta da cabeça. Ela nos examina enquanto os examinamos, e detém-se em mim. Seus olhos são enormes e bem afastados um do outro. Eu pisco e ela desvia o olhar.

— Crianças, conheçam seus novos colegas. Vou à cidade buscar mais suprimentos — como vocês podem ver, Luko usou todos os ovos.

— Senhor Zamora? — a irmã Teresa o convoca da sombra do prédio. O senhor Zamora vem para fora trajando roupas limpas, a gravata bem apertada e o chapéu de palha puxado para baixo. — Por favor, fique de olho nas crianças até eu voltar.

— Estou quase terminando de organizar os meus exemplares...

— Por favor — insiste a irmã Teresa, com um tom de voz cauteloso. — Só enquanto eu estiver fora.

— Não — retruca o senhor Zamora, uma veia grossa dilatada em seu pescoço. — Você pode esperar que eu termine.

Luko retorna com um dos cavalos que nos recolheram do porto. Deve ser Tildie. A irmã Teresa aperta os lábios numa linha fina quando o senhor Zamora retorna para dentro. Aguardamos em silêncio por alguns minutos. O pé da irmã Teresa fica batendo no chão de impaciência. Assim que o senhor Zamora ressurge, o cozinheiro se curva, unindo as mãos como apoio e a irmã Teresa se iça com facilidade sobre a égua. Sem dizer mais nada, ela pressiona os calcanhares em Tildie e elas partem a galope pelo longo caminho da entrada. Testemunhar uma freira andando a cavalo é como ver um cachorro caminhando sobre as patas traseiras: parece um truque.

O senhor Zamora paira do lado de fora do orfanato, sem saber o que fazer. Comporta-se como se não quisesse se aproximar de nós. Ele arrasta uma cadeira da sala de aula e senta-se na soleira da porta, seus olhos perscrutando-nos ressabiados como se pudéssemos atacar a qualquer momento. Penso nos exemplares, nas borboletas vivas em algum lugar lá dentro. Nanay adoraria tê-las visto escapar de volta para a floresta, sua colorida formação em espiral disparando para além dos dedos do senhor Zamora.

Luko volta a se agachar junto ao fogo, acrescentando algo picado que perfuma o ar com uma intensidade de dar água na boca. As crianças do orfanato ainda estão alinhadas como as borboletas do senhor Zamora, impecáveis e impenetráveis. Depois de mais alguns demorados segundos, Datu dá um passo à frente e estende a mão para o garoto mais alto da fila.

— Eu sou Datu.

O garoto torce o nariz e passa por Datu. Os outros órfãos o seguem e sentam-se em um círculo perfeito perto de Luko, fazendo com que os troncos em que se acomodam pareçam tronos. Não deixam espaços para nós. Datu abaixa a mão.

— Ei — ele diz. — Eu só estava me apresentando.

Silêncio por parte dos órfãos.

Luko levanta uma sobrancelha espessa.

— Acho que ele está falando com você, San.

O garoto mais alto torce o nariz.

— Eu não quero pegar.

— Pegar o quê? — questiona Luko.

— A doença que apodrece. — San estremece. — Eles são daquela ilha. Estão sujos.

Meu estômago embrulha. Eles não vão ser gentis. Eles falam como o senhor Zamora. Ouço um rangido quando o homem se inclina para a frente em sua cadeira para assistir.

Luko dá um leve tabefe na cabeça do garoto.

— Eles não têm, é por isso que estão aqui.

— Todo cuidado é pouco — diz o senhor Zamora, as mãos puxando as mangas.

— Bobagem — diz Luko, mas então se contém quando o senhor Zamora o fulmina com os olhos. — Sem querer desrespeitá-lo, senhor, mas não é como pegar um resfriado.

— Seja como for, acabamos de nos lavar — diz Datu, e todas as cabeças dos órfãos se voltam para ele. — A irmã Teresa nos levou até o rio.

— Ótimo — resmunga San. — Agora não podemos mais usar o rio.

— Por que não? — pergunta um dos órfãos, os olhos arregalados.

— A doença que apodrece se esconde na água — explica San em voz baixa. Mergulhamos no silêncio de repente — até as árvores param de farfalhar, o fogo deixa de crepitar.

— Ela aguarda nas rochas que secam, no musgo, esperando que vítimas inocentes se aproximem e...

— Luko desfere outro tabefe perto da orelha do garoto enquanto o senhor Zamora se recosta na cadeira, os cantos da boca levantados. Ele está gostando disso, eu percebo.

— Você está dizendo bobagens, contando histórias fantasiosas — Luko retruca, tirando a panela do fogo e dividindo os ovos.

San ri, mas é uma risada cruel. Não acho que ele esteja falando de todo sério quando diz isso, mas acredita o suficiente no que diz para que sua maldade se espalhe por nós. Os outros órfãos também riem, mas pouco à vontade, e se voltam para a refeição. Todos, exceto a garota pálida. Ela pega sua tigela e a leva para o nosso grupo amontoado. Deposita-a na frente de Kidlat.

— Tome — ela o encoraja, e estende uma colher. Ele a apanha como se fosse um presente.

Ela volta e apanha outra tigela e a coloca na frente de Datu.

— Tome.

A garota vai e volta até que todos tenhamos nossas tigelas. Os órfãos a observam em silêncio, sem comer, e nós também a observamos. Eu me pergunto por que ela só traz uma tigela de cada vez, até que noto sua mão direita. É torta e pende frouxa no pulso. Tento não olhar enquanto ela deposita a última tigela na minha frente, então, volta e pega a sua. Ela levanta uma colher e diz:

— É a última. Vamos ter que compartilhar.

— Você vai pegar, Mari! — exclama uma das órfãs.

— Ou eles vão pegar o que você tem — grita San.

— Ela não tem — diz Mari, sua voz propagando-se entre nossos dois círculos. Ela se vira para mim. Seus olhos são da cor do mel, um dourado intenso. — Você tem?

Balanço a cabeça.

— E não tem como você pegar isso. — Ela levanta a mão defeituosa e sorri. — Então, vamos comer.

O PRIMEIRO DIA

Apenas Mari come conosco naquela primeira manhã. Somente ela conversa com a gente de forma gentil, embora os outros não digam nada rude quando a irmã Teresa retorna. San é o que se faz mais audível entre os órfãos ao responder "sim" quando a freira pergunta se eles fizeram amigos, e percebo que sempre que ela está olhando, ele sorri de modo afável em nossa direção. Mas quando ela está de costas, ou somente o senhor Zamora está por perto, ele se afasta meio passo de nós.

O senhor Zamora fala só com os órfãos e parece nutrir uma especial antipatia por mim. Quando estava perguntando a San o que aconteceu com os pais dele, San lhe contou que seu pai havia morrido em um acidente de pesca. O senhor Zamora olhou direto para mim e comentou:

— Melhor ter um pai morto do que um pai sujo.

Esperei até que o senhor Zamora entrasse e me aproximei de San.

— Sinto muito pelo seu *ama* — disse.

San me pareceu muito como eu própria me senti: como se tivesse levado um murro. Ele relanceou a vista para mim, seus olhos vidrados, e se afastou rápido.

Temos uma hora para "nos conhecermos", o que se traduz em nós permanecendo em uma extremidade do pátio de terra batida e eles, na outra. Mari fica zanzando perto de mim várias vezes, mas não tenho vontade de conversar. Não estou acostumada a alguém tentando fazer amizade comigo: na escola, os outros me ignoravam e parecem satisfeitos em continuar fazendo o mesmo aqui. Mas Mari insiste em me perguntar sobre meu lar e eu sei que vou chorar se entrar nesse assunto.

Peço licença, vou para dentro e me sento segurando a bacia de Nanay por um tempo. Mari parece gentil, mas é tão atrevida e afetuosa quando acabamos de nos conhecer, que faz eu me sentir ainda mais tímida. Enxugo os olhos e mordo o interior das bochechas para impedir que as lágrimas voltem a se derramar.

Não posso passar anos e anos sentada aqui dentro com nada nem ninguém senão a bacia de Nanay para conversar. Nanay teria me dito para tentar fazer amigos, para me esforçar. Respiro fundo três vezes e volto para fora.

Ao passar pelo escritório da irmã Teresa, situado atrás da porta ao lado da lousa, ouço vozes. A porta está entreaberta e eu paro, embora não devesse.

— Quando meus alojamentos serão construídos? — o senhor Zamora está cobrando com rispidez.

— Em breve. Sua cama não é confortável o suficiente no dormitório dos meninos? — responde a freira.

— Acho que você subestima minhas necessidades. Eu estou escrevendo um livro...

— Um processo que não ocupa espaço algum, exceto em sua cabeça.

— Um livro sobre borboletas. E não ocupa apenas meus pensamentos, muito pelo contrário: preciso ter espaço para produzir mais exemplares.

— Exemplares?

— E para preservar os exemplares vivos que eu trouxe comigo. E para as crisálidas. Precisam de estabilidade e os meninos ficam derrubando-as dos batentes das janelas quando abrem as persianas.

— Que Deus nos livre de tomarem ar fresco.

— Será que preciso lembrá-la de que sou eu o encarregado aqui, irmã Teresa? Seria sábio de sua parte não usar esse tom comigo. Além disso, não sei por que tenho que ficar com as crianças de Culion. Eu deveria ser transferido para junto dos normais.

— As crianças de Culion só estão aqui porque você as trouxe — retruca a irmã Teresa com frieza.

— Por ordens do governo!

— Por que permaneceu aqui? Por causa das ordens ou por que deseja ajudá-los?

— O governo confiou a mim os cuidados com essas crianças e eu assumirei isso! — O senhor Zamora respira fundo para se acalmar. — Eu sou a autoridade aqui e está na hora de você começar a me tratar como tal.

Quando a freira volta a falar, seu tom é mais moderado.

— Você só deveria chegar no próximo mês. Os homens que estavam construindo seus aposentos estão ocupados com outros trabalhos.

— Não sei como o Diretor de Saúde esperava que eu passasse um mês inteiro naquele lugar.

— Vou escrever para a cidade e solicitar que comecem o mais rápido possível — assegura a irmã Teresa, sua impaciência transparecendo apesar de seu tom educado. Ouço uma tábua ranger e apresso-me para me afastar da porta. — Enquanto isso, você pode usar esta sala.

Passos rápidos ressoam, mas antes que ela apareça eu corro para fora. Mari está sentada sozinha, assim como eu a deixei. Hesito por um instante, e depois me acomodo ao lado dela.

— Você está bem? — ela pergunta.

Faça um esforço, digo a mim mesma.

— Eu ouvi o senhor Zamora e a irmã Teresa discutindo.

Os olhos de Mari se acendem.

— Me conta. — Reproduzo a conversa o melhor que consigo.

— Ele é um colecionador de borboletas? — pergunta Mari quando eu termino.

Confirmo com a cabeça.

— Ele guarda algumas borboletas em caixas no dormitório dos meninos e está criando mais no parapeito da janela.

— O que ele faz com elas?

— Pendura-as nas paredes. E acho que vai escrever sobre elas em seu livro.

— Por quê?

— Minha *nanay* diz que matar coisas faz com que ele se sinta poderoso.

— Ele as mata? — Os enormes olhos de Mari ficam ainda mais arregalados. — Ele não espera até que morram? — Balanço a cabeça e uma expressão alarmada toma seu rosto. — Espero que ele não descubra meu nome.

— Por quê?

— É Mariposa. — Ela franze o nariz. — Borboleta. Minha *nanay* é espanhola.

Ela estende os braços e deixa a língua rolar para fora como se estivesse morta e presa.

— Que tal estou?

Resfolego de tanto rir, apesar de tudo, justo quando a irmã Teresa sai, suas faces rosadas.

— Crianças, hora de começar os estudos. Entrem, por favor.

A aula hoje é de matemática e penso em Nanay enquanto os números se somam, subtraem e multiplicam na minha cabeça. É reconfortante poder ocupar minha mente com algo que me lembre dela sem ter que falar sobre ela. A irmã Teresa diz que sou muito boa e pergunta se posso ajudar uma das outras meninas, Suse, com a tabuada. Ela move Suse para perto de mim e a menina senta-se rígida no lugar, sem olhar para mim enquanto aponto para os números.

Sinto Suse relaxar somente quando Mari vem sentar-se conosco durante o intervalo e diz:

— Você sabe que San está mentindo, não é? Ela não tem, e não está no rio.

Ao longo de nossas aulas, o senhor Zamora carrega caixas do dormitório dos meninos para a sala da irmã Teresa. A freira o ignora de maneira estudada, mas Mari me cutuca.

— Aquelas são as caixas de borboletas?

Confirmo com a cabeça.

— Pobrezinhas — ela murmura. — Fechadas assim no escuro.

Na hora do almoço, todos os órfãos já estão se perguntando o que há nas caixas, e Datu conta-lhes sobre as borboletas que escaparam na floresta em Culion. San ouve atento à história, boquiaberto, e ele e Datu acabam conversando e brincando de chutar bola juntos no pátio do recreio. Acho que San está cansado de fingir estar com nojo de nós, e algumas das outras crianças também começam a nos fazer perguntas. No fim do primeiro dia, a maioria deles está se comportando como se fosse o primeiro dia de aula — cautelosos, mas amigáveis. No jantar, alguns dos meninos sentam-se conosco também, embora ninguém compartilhe suas colheres além de Mari e eu.

— Por que ele não come? — indaga Mari depois que raspamos nossas tigelas. Ela indica com a cabeça o senhor Zamora, que está sentado em sua cadeira ao lado da pilha de varas de bambu que serão seus aposentos. Ele está escrevendo em um caderninho com capa de couro e não tocou na tigela de arroz e peixe que Luko deixou aos seus pés.

— Ele acha que vai pegar se comer a mesma comida. Acredita que somos Tocados, embora seus próprios médicos digam que não somos.

— Tocados?

— É assim que a chamamos. A doença.

— Também usamos essa palavra — diz Mari. — Mas ela significa doente da cabeça. Louco.

— Acho que o senhor Zamora pode estar um pouco doente da cabeça — observo.

— Por quê?

Explico-lhe sobre a petição e a higienização frenética. O sangue em suas mãos. Mari escuta com toda atenção, a testa franzida.

— Pobrezinho — ela diz quando eu termino, referindo-se a ele da mesma forma como fez com as borboletas. Sigo seu olhar até o senhor Zamora. Ele está com o olhar perdido à meia distância. Parece exausto. — Imagine pensar que a sujeira é tão ruim e ir para um lugar que você acha que é sujo.

— Mas não é — digo com veemência.

— Não foi o que nos disseram aqui — ela diz com brandura. — Em Coron, muitas pessoas pensam como San. As pessoas têm medo do que é diferente. Minha mão, por exemplo.

Ela a levanta. Tenho tido o cuidado de não ficar olhando para ela desde que notei que havia algo errado.

— Está tudo bem — assegura ela. — Você pode olhar.

— Sua mão balança e vejo que alguns dos dedos não estão formados.

— Eu nasci assim — prossegue Mari. — E por causa disso, e pelo fato da minha pele ser tão pálida, meus pais pensaram que eu era amaldiçoada. Embora, desde então, as pessoas tenham pensado todos os tipos de coisas. Uma vez, alguém na cidade me chamou de leprosa... desculpe, Tocada.

— É por isso que está sendo legal comigo?

Ela pisca surpresa para mim.

— Eu sou legal porque você é legal. Pude ver isso já na primeira noite. Estava confortando aquele garotinho embora você mesma estivesse triste.

— Era você na janela superior, observando a gente chegar?

Mari assente.

— Estou logo abaixo de você. Minha cama fica no canto inferior direito.

— Viu o meu autorretrato?

Franzo a testa, então me lembro do bonequinho e do "M" entalhados na parede.

— Ah! Sim. É...

Mari ri: um som suave e adorável.

— Horrível. Eu fiz quando cheguei aqui. Que coincidência você ficar na minha antiga cama. Deveríamos trocar mensagens!

Bato a mão na minha testa.

— Eu disse que escreveria para Nanay hoje.

— Pode fazer isso agora.

— Mas não chegará ao correio até que Luko vá à cidade.

— Você disse que postaria hoje ou que apenas escreveria?

— Escreveria.

— Então, você não está quebrando sua promessa. Espere aqui.

Ela se levanta e desaparece no interior do prédio. Olho em volta. Algumas crianças estão chutando uma bola de trapos, todas brincando juntas. Tanta coisa pode mudar em um só dia, mas aqui e ali, ao redor do campo, flagro algumas crianças de Culion: a irmã Igme mais baixa, Kidlat e Lilay, sentados afastados dos outros e sozinhos. Pergunto-me se eles também sentem como se suas mentes e corações tivessem ficado para trás, presos em Culion. Eu me sinto vazia por dentro. Kidlat me vê olhando para ele e se aproxima. Estende para mim uma flor mirrada, uma erva daninha de algum tipo, e eu a pego. Ele sorri e se senta ao meu lado.

Quando Mari retorna, senta-se do outro lado dele.

— Olá — ela diz. — Eu sou Mari.

— Ele não fala — esclareço. — Mas o nome dele é Kidlat.

— Prazer em conhecê-lo — diz Mari. Kidlat sorri. — Agora. — Ela coloca uma folha de papel na minha frente.

— Tome. Escreva.

— O que eu devo dizer?

— O que você quiser.

Faço uma careta.

— Não sei por onde começar.

— Comece contando como foi o seu dia. Depois, vá acrescentando mais coisas. Não vou olhar.

Ela se deita. O ar está mais fresco agora. Os insetos zumbem e eu assisto o jogo de futebol por um tempo. San e Datu estão no mesmo time, e Luko está no gol. Ele mal precisa se mover para bloquear a bola. O senhor Zamora está rabiscando freneticamente ao crepúsculo.

Vou contar a Nanay que ele está escrevendo um livro sobre borboletas. Vou lhe contar sobre a jornada, e Kidlat, as outras crianças, e a irmã Teresa. Contarei a ela sobre

Luko e as aulas, e vou começar com a colher compartilhada. Vou começar com Mari.

A irmã Teresa ordena que todos nós nos recolhamos cedo, mas eu permaneço acordada, ouvindo o mar. Deve ficar perto, mas ainda não o encontrei. Amanhã vou procurá-lo, e depois a Ilha Culion, embora seja apenas uma sombra baixa e borrada a distância.

Tleque. Tleque.

Sobressalto-me e giro em direção à janela. Parece que há alguém do lado de fora, mas não vejo ninguém, nenhum dedo pressionado contra as persianas. Meu coração bate forte enquanto estou prestando atenção e vejo uma sombra colidir contra elas. Um pássaro?

Tleque. Tleque. Tleque.

Abro a persiana, hesitante. A irmã Igme mais alta se mexe na cama ao meu lado, mas não acorda. À minha frente, dependura-se um graveto, amarrado a um barbante. Olhando para cima, vejo uma mão pálida balançando. Mari. Solto o graveto e noto um pedaço de papel amarrado em torno dele.

Durma bem, está escrito. Ergo os olhos de novo, mas o barbante se foi, as venezianas estão fechando. Deslizo o dedo sobre o "M" na parede. *Durma bem*, articulo com os lábios. E eu durmo mesmo.

A CARTA

No dia seguinte, enquanto todo mundo brinca durante o intervalo da manhã, eu me afasto e saio de fininho contornando os fundos do orfanato. Um caminho coberto de vegetação se estende por uma profusão de árvores. Sigo por ele sob as manchas das sombras até que ficam esparsas e desaparecem, como soldados ao comando de "ALTO!". Vejo-me diante da beira de um penhasco. E lá, cintilante e infinito, está o mar.

Aperto os olhos e percebo que não é bem infinito. Esse ponto imóvel no horizonte deve ser Culion. Meu peito aperta em torno de algo afiado. Em algum lugar nessa mancha minúscula está Nanay. Uma mão surge e pousa nas minhas costas.

É Mari, seus olhos dourados arregalados de preocupação.

— Está tudo bem, Ami.

Ela faz menção de me abraçar, mas eu não quero ser abraçada. Em vez disso, arrastamo-nos para a frente e sentamos lado a lado, as pernas balançando.

Depois de um longo silêncio, Mari fala.

— Desculpe ter seguido você. Na verdade, eu ia lhe mostrar este lugar hoje. É a minha parte predileta de morar aqui. Eu chamo de Penhasco do Takipsilim.

— Penhasco do Crepúsculo?

Ela assente.

— O sol se põe deste lado da ilha, então, ao entardecer podemos vir e ver o mundo perder a cor.

— Perder a cor?

— Meu *ama* costumava chamar a manhã como a hora em que o mundo ganha cor, então faz sentido que a noite seja quando ele perde a cor. — Ela sorri para mim e depois aponta para a água. — Ali fica Culion, de onde você é.

Não é uma pergunta, mas concordo com a cabeça assim mesmo.

— Veneta está apontando para longe de lá.

— Veneta?

— O galo de bronze no telhado. Eu verifiquei antes de segui-la.

— O cata-vento? — Ergo minhas sobrancelhas. — Você o chama de Veneta?

— Foi o primeiro amigo que tive aqui — ela diz com seriedade. — Quando construíram o último andar, tentaram se livrar dele, mas a irmã Teresa fez com que o mantivessem. O som dele girando costumava me ajudar a dormir.

Ela conserva a seriedade em seu rosto apenas por tempo suficiente para que eu esboce preocupação em deixá-la melancólica, então Mari me cutuca nas costelas.

— Eu estou brincando. Você é minha primeira amiga aqui. — Tal declaração me faz enrubescer. — Ele tem cara de Veneta, você não acha? E se ele estiver apontando para a frente do orfanato, isso significa que o vento está soprando na direção de Culion.

— E daí?

— E daí que se você quiser enviar uma mensagem para sua *nanay*, agora é uma boa hora.

Franzo o cenho para ela.

— Como?

— Sussurre-a para o vento. Ele escutará você.

— Por quê?

— Seu nome... você e o vento: são da mesma família.

— Ela levanta as sobrancelhas e sorri para mim, mas não está me fazendo de boba. — Tente. Pode fazer você se sentir melhor.

Parece tolice, mas suponho que não seja diferente de rezar. *Estou pensando em você, Nanay. Você está pensando em mim?* O vento não sussurra de volta.

Quando abro os olhos, noto uma mancha vermelha bem abaixo de nós na água, como uma concentração de algas.

— O que é aquilo? — aponto.

— É um barco. Bem, foi um barco. Está vendo aquela trilha? — Ela indica um caminho quase imperceptível na lateral do penhasco. — Eu desci uma vez. O barco estava boiando mais naquela época, mas por pouco. Está danificado. Abandonado. Como eu.

— Você foi deixada aqui? — pergunto. Mari assente.

— A irmã Teresa recebeu ordens de me mandar para um asilo em Manila. Porque eu não era órfã, só não me queriam.

— Isso é horrível — eu digo.

— Mas ela não me mandou. — Mari dá de ombros.

— Ela ignorou as ordens do governo.

Penso no doutor Tomas e no padre Fernan. Se eles tivessem ignorado as ordens do senhor Zamora e do governo, eu estaria com Nanay agora. Sinto a raiva entrar em ebulição dentro de mim.

— Não acredito que a deixaram desse jeito.

— Eles também me amavam, eu acho. Eles me ensinaram coisas sobre árvores, pesca e barcos. Sobretudo barcos. Meu pai velejava e eu lembro dele me ensinando a fazer nós com uma só mão e como içar a vela para capturar o vento. — Ela sorri rememorando. — O rosto dele era tão bronzeado de sol que era como couro.

— Então, por que eles... — Não quero pronunciar a palavra "abandonaram". — Por que você acabou vindo parar aqui?

Seu sorriso se vai.

— Quando eu tinha 7 anos, um curandeiro veio à nossa vila e disse que eu era amaldiçoada, e que é por isso que eu era tão pálida. Disseram que eu era a razão das colheitas ruins, de as mulheres da aldeia perderem seus bebês... — Ela vai parando de enumerar. — De qualquer coisa ruim.

— Isso não é justo!

— Pelo menos, eles me entregaram para o orfanato em vez de me deixarem na floresta. É o que algumas pessoas fazem com crianças amaldiçoadas.

— Mas você não é amaldiçoada.

— Você é a primeira pessoa que fez eu me sentir normal. Ou, pelo menos, você é tão estranha quanto eu.

— Estranha?

Ela me fita com seus olhos de mel.

— Os outros não falam conosco, falam? Além de Kidlat, eles não se aproximam de nós. É como se não nos vissem. Mas você me vê, não vê? E eu vejo você.

Desvio o olhar, sentindo um rubor de vergonha subir devagar pelo meu pescoço.

— Deveríamos voltar.

O senhor Zamora passa grande parte do seu tempo enclausurado no escritório da irmã Teresa. Embora devesse ser o diretor do orfanato inteiro e de todos nele, incluindo a irmã Teresa, ele a deixa administrar as coisas no dia a dia e só de vez em quando aparece para nos assombrar. É estranho vê-la nervosa perto dele, quando é tão tenaz em outras situações. Às vezes, quando o dormitório dos meninos está barulhento depois do anoitecer, basta que a irmã Teresa vá até a soleira da porta farfalhando seu hábito para que eles fiquem quietos.

Ela dorme e ronca na sala de aula agora, embora os homens que estão construindo a cabana de Zamora vão chegar em breve, e ela não precisará fazê-lo por muito mais tempo. As cartas de Nanay também não chegaram. Não é do feitio de Nanay quebrar promessas.

Mari diz que tem certeza de que Nanay tem seus motivos. Ela não sabe nada sobre Nanay ou seus motivos, mas só está tentando ser gentil, então, eu tento não mostrar que isso me irrita. Mari continua sendo a única pessoa aqui que fala comigo. Eu ficaria sozinha sem ela.

Ainda assim, não lhe conto tudo o que estou sentindo. Guardo isso dentro de mim, ou sussurro ao vento para Nanay, algo que parece cada vez menos bobo de se fazer.

A bacia de metal de Nanay agora abriga minhas roupas. O fundo é um pouco oleoso e, quando visto a túnica, cheira ligeiramente a alho, mas eu gosto.

Eu continuo pegando folhas de papel da sala de aula para escrever cartas e as entrego a Luko para ir à cidade postá-las. No fim de cada uma delas, em vez do meu nome e beijos, escrevo: *Um passo a menos!*.

Após duas semanas sou despertada com batidinhas. Não há um bilhete preso ao barbante, apenas um graveto dançando frenético nas persianas. Eu as abro e olho para cima. Mari está inclinada para fora da janela.

Que foi?, articulo com os lábios.

Veja!, ela faz o mesmo, apontando. Demoro para visualizar o que quer que ela esteja indicando, mas de repente há uma carroça atravessando as árvores. Cinco homens descem da parte de trás com um pulo. Carregam madeira e ferramentas, e um deles traz um maço de papéis debaixo do braço. Cartas.

Mari aponta para baixo para avisar que está descendo. Visto-me e rastejo pelo chão, passando pelas meninas adormecidas. A irmã Teresa já está de pé e diante da porta do orfanato, segurando as cartas.

— Tem alguma para mim, irmã? — pergunto, tentando parecer relaxada, embora meu coração dê cambalhotas no peito. Mari desce as escadas, seus passos ressoando ruidosamente, e a irmã Teresa se vira para nós.

— Bom dia, Mari. Bom dia, Ami. Você está com sorte.

— Ela estende o braço, entregando um fino papel dobrado. As pontas dos meus dedos chegam apenas a roçá-las antes que caia no chão.

— O que é isso!? — vocifera o senhor Zamora. Ele abriu com violência a porta do escritório e está ofegante, sua camisa apresentando manchas de suor debaixo dos braços.

A irmã Teresa o encara, boquiaberta.

— Isto é uma carta, e não é sua.

— Para ela? — Ele indica a mim com a cabeça. — Da colônia?

— Da mãe dela, sim — revela a irmã Teresa, curvando-se para recolhê-la. O senhor Zamora coloca o pé sobre a carta de modo que a freira não consiga puxá-la sem rasgá-la.

— A mãe dela é leprosa. Uma lepra severa, não tem nariz. Eu a vi. — Ele estremece e eu também, só que de raiva.

— Estou ciente de que todos os pais das crianças são Tocados, senhor Zamora. Agora, retire sua bota.

— Não podemos permitir isso! — ele grita. As outras crianças estão se aglomerando a esta altura, atrás de Mari nas escadas e nas soleiras das portas para os dormitórios dos meninos e das meninas, mas o senhor Zamora parece não ver ninguém. — Precisamos manter esta área limpa!

— As cartas não têm lepra, senhor Zamora. — As narinas da irmã Teresa estão dilatando. — Pelo que entendi, o governo considerou necessário afastar as crianças de suas famílias, mas não remover todo e qualquer contato. Bem, os construtores chegaram. Eu sugiro que você os receba.

Ela está tremendo, mas sua voz mantém-se firme. O senhor Zamora pressiona com força o calcanhar sobre a carta, rasgando-a de leve, mas, no fim, levanta o pé.

— Veremos sobre essas cartas. — Ele sai.

A irmã Teresa recolhe a carta de Nanay, amassada e com uma marca de bota.

— Sinto muito, Ami.

Ela também distribui cartas para outras crianças, e Mari e eu deixamos o orfanato. O senhor Zamora está conversando com os homens, e olha furioso para mim quando passamos. Esperamos até que ele não esteja olhando, daí corremos para o Penhasco do Takipsilim. Respiro fundo e abro a carta.

```
Minha querida Ami,
    Minha mão está ruim, então a irmã
Margaritte está datilografando esta
carta na máquina de escrever enquanto
eu falo. Desculpe ter demorado tanto.
Já me atrasei em nossas cartas.
    Há cada vez mais pessoas chegando
todos os dias. Você não imagina como
a cidade está apinhada e como são con-
fusas as novas regras para os identifi-
cados como São e os identificados como
Leproso.
    O hospital está bem cheio e as pes-
soas não estão muito felizes. Agora que
o senhor Zamora foi embora, há outra
pessoa encarregada chamada senhor Alon-
```

so. Ele não é muito melhor, mas pelo menos não é tão pavorosamente magro. Eu fiz amizades, no entanto. Minha vizinha é uma jovem gentil chamada Lerma. Ela me lembra a mim mesma, porque foi tirada da família e tem apenas 20 anos. Ela veio da Ilha de Mindoro, que é de onde seu ama era.

Bondoc e Capuno estão bem. Vejo Capuno quase todos os dias e Bondoc veio hoje. Ele levou dois dias para obter permissão e não estava autorizado a nos tocar. Não sei ao certo como viveremos assim, mas tentaremos. Espero que, quando você voltar, eles tenham percebido o quanto estão sendo tolos.

Com exceção da minha mão e um ligeiro resfriado, estou com boa saúde. Eles nos mantêm ocupados nos fazendo ajudar com os recém-chegados, e logo o hospital será administrado apenas pelos Tocados, além das freiras e do doutor Tomas. Vou tentar conseguir um emprego lá para poder enviar-lhe algum dinheiro.

Tenho más notícias, mas você iria querer saber. Rosita faleceu. Espero que isso não a deixe muito triste. Seu sofrimento acabou, e chegou a hora

145

dela. Seu funeral foi ontem. Aconteceu na igreja, infelizmente, mas ainda assim foi uma despedida muito bonita. Pedi desculpas à irmã Margaritte por esse comentário, mas não a deixarei riscá-lo. Conte-me tudo. Espero que o lugar seja bonito e que você esteja sendo bem cuidada. Escreverei de novo quando a irmã Margaritte puder datilografar para mim. Ela está muito ocupada no momento, por isso, não posso escrever todos os dias como prometi. Saiba que eu gostaria.
Amo você.
Nanay

— E então? — Mari acaba falando. — Está tudo bem?

Minha pele esquenta e formiga, as palavras da carta pinicando atrás das minhas pálpebras, como se eu tivesse ficado olhando para o sol por tempo demais. Não era assim que eu achava que iria me sentir com a primeira carta de Nanay. Eu pensei que seria algo acolhedor e reconfortante, como uma pedra lisa de rio cabendo perfeitamente na palma da mão. Esse sentimento é irregular e cortante. Meu corpo inteiro parece tremer com a força das batidas do meu coração enquanto tento assimilar os fatos.

— Nossa amiga Rosita. Ela morreu.

— Oh, não, sinto muito.

— Ela estava muito doente. Nanay diz que foi melhor assim.

— E sua *nanay*? Ela está bem?

Baixo os olhos para a carta.

— Ela está resfriada.

— Mas tudo bem, não é? Contanto que passe antes da estação das chuvas...

Respiro fundo.

— Sim, suponho que sim. Só que... que uma complicação como essa... é o que Rosita teve. Quando você é Tocado, não é a lepra que mata você na maioria das vezes. São as complicações. O doutor Tomas explicou isso para nós na escola no dia em que ele chegou do continente, o único voluntário a aceitar um posto na ilha sem retorno. Eu tinha 6 anos. "Ser Tocado torna seu corpo menos capaz de combater resfriados, febres e outras enfermidades", disse ele. Naquela época, ele não tinha as rugas de preocupação que tem agora. Ainda éramos casos de livros didáticos para ele, não famílias. "Vocês devem tomar as devidas precauções. Complicações como resfriados são o que podem deixá-los muito doentes."

— Tenho certeza de que ela vai melhorar logo — assegura Mari.

— Sim. — Controlo minha respiração. Ela está certa. Nanay fez amizades e a irmã Margaritte a está ajudando a escrever para mim. Ela está bem, embora as mudanças pareçam um incômodo. Eu me pergunto como é o senhor Alonso. Como Nanay disse que não é magro, eu o imagino gordo. É engraçado como minha mente pensa em opostos. Como quando ela diz que Culion passou do senhor Zamora para o senhor Alonso, eu penso em Z para A. Um alfabeto de trás para a frente. E deixei de viver em um lugar com nascer do sol, para um lugar com pôr do sol.

Mari está tão quieta perto de mim que mais um pouco posso esquecer que ela está ali. Gosto disso nela, o fato de ela saber quando não falar. Ela está fitando o mar, mechas fugidias de seus cabelos claros soprando em volta dos ombros. É a coisa mais estranha e mais bela que já vi.

O NASCIMENTO

Os construtores levam apenas quatro dias para erguer a cabana do senhor Zamora. Depois de instalarem um ferrolho na porta, ele não perde tempo e logo se muda. Passa seus dias e noites na cabana. Às vezes, ouvimos o som de marteladas lá dentro e penso que ele deve estar pendurando sua coleção de borboletas. Ele ordena que os homens retornem para construir-lhe uma oficina separada com especificações tão precisas que ouço um dos construtores reclamando que levará três vezes mais tempo.

Mari e eu passamos todo o nosso tempo juntas. Brincamos de amarelinha e esconde-esconde e sentamo-nos uma ao lado da outra na sala de aula. Os meninos são muito barulhentos, por isso, muitas vezes Kidlat vem brincar conosco. Ele parou de chorar tanto e até ri de vez em quando. Eu o mencionei na minha carta a Nanay, então, espero que ela possa dizer aos seus pais que eu estou cuidando dele.

Logo após o senhor Zamora se mudar para sua cabana, uma mulher quieta e de olhos felinos chamada Mayumi chega para ajudar a irmã Teresa nas tarefas domésticas, mas Mayumi passa menos tempo limpando e mais tempo ajudando Luko na cozinha. Ela também fica com ele em sua pequena cabana, o que deixa a freira com uma cara de desaprovação.

O senhor Zamora só sai de sua cabana para ir até a cidade. O ritual se repete todos os dias, às dez da manhã. Ele está de volta logo após o término das aulas da manhã — nós escutamos seu assobio desafinado, e ele entra em sua cabana com uma caixa debaixo do braço.

— Comida, talvez? — Mari aventa a possibilidade, mas eu acho que não é isso, porque ele parece ainda mais magro e eu o vi discutindo com Luko sobre Mayumi na noite anterior mesmo.

— Você a deixa perto da comida?

— É claro — disse Luko, já entediado com a conversa.

— Ela me ajuda a prepará-la.

— Mas você não sabe por onde ela andou! Ela não tem documentos!

— Ela não precisa deles. Ela é de Bagac. Não há leprosos lá.

— Não posso comer a comida se ela estiver perto dela.

— Então, não coma — disse Luko, e fechou a porta da cabana na cara dele. O senhor Zamora chutou a porta uma vez e então girou nos calcanhares. Desviei o olhar um pouco tarde demais.

— Você — ele sibilou, as bochechas corando. — Fique longe de mim. — Ele correu de volta para sua cabana, desviando-se de mim de forma acintosa num grande círculo, embora nem perto eu estivesse.

Ele também nos fez ferver todas as roupas que vieram de Culion. Meu vestido azul da igreja perdeu todo seu corante. Posso ver que ele quer nos ferver também, só para ficar seguro. Quando descemos para o rio, ele costuma estar lá, lavando as mãos num trecho da corrente anterior ao nosso.

— Ele não deveria ficar perto das crianças — disse Luko à irmã Teresa certa manhã, observando o senhor Zamora se arrastar em direção ao rio pela terceira vez em meia hora. Mas a irmã Teresa parece não ter poder para detê-lo porque ele é o representante autorizado do governo. Ela disse a Luko que o irmão do senhor Zamora é alguém do alto escalão do governo, em Manila, e é por isso que ninguém vai conseguir se livrar dele.

São quinze passos a menos e estamos todos do lado de fora na hora do almoço quando finalmente vejo pela primeira vez a cabana do senhor Zamora. Mari e eu estamos brincando de cama-de-gato em sua versão com uma só mão quando um grito alto, mais intenso do que a gritaria habitual do recreio, me faz perder a concentração e enroscar o barbante.

Todo mundo se vira na direção do barulho. A porta da cabana do senhor Zamora se abriu e ele está debruçado na janela, prendendo as persianas para que se mantenham abertas. Então, ele volta a sumir de vista. Mari se levanta apressada e eu a sigo. Os meninos se aglomeram ao redor da porta escancarada e Mari e eu arrastamos troncos até a janela, subimos neles e espiamos o interior da cabana.

Mari toma um susto e, embora eu já tenha visto antes as borboletas presas por alfinetes, ainda fico sem fôlego ao vê-las ondulando pelas paredes. O senhor Zamora está debruçado sobre a mesa, com uma lupa na mão, uma das varetas horizontais suspensas entre dois apoios verticais. Uma das crisálidas está balançando intensamente, parecendo mais do que nunca uma folha seca prestes a cair.

— Saiam da frente! — ele grita para os meninos parados na entrada. — Eu abri a porta para ter mais luz, não para vocês ficarem xeretando.

Os meninos obedecem e alguns deles se juntam à nossa volta na janela. Tentam, com os cotovelos, afastar-nos de nossa posição privilegiada, mas nos mantemos firmes. Os olhos injetados do senhor Zamora alternam-se entre a crisálida e um bloco de papel. Ele faz anotações de maneira frenética. Suas unhas são compridas e arranham o bloco, provocando-me um calafrio na espinha.

De repente, a crisálida balouçante parece pulsar, e noto pela primeira vez que há um lampejo de cor sob o marrom — um laranja listrado e faiscante. A pulsação prossegue até que o casulo se rompe na base, dividindo-se e projetando para fora duas finas frondes negras. Mari segura minha mão.

A crisálida inteira se abre, presa pelo topo como um pistache, e o laranja e negro das asas da borboleta são mais intensos e vivos do que qualquer cor que eu já tenha visto. Até os meninos mais velhos, que normalmente não deixam que ninguém perceba que estão interessados em coisa alguma, surpreendem-se. As frondes negras agitam-se e arranham, e eu percebo que são suas pernas. A borboleta está abandonando a crisálida, flexionando as asas para soltar o invólucro e suas pernas e arrastar-se para fora da fenda. De súbito, ela desliza para fora, libertando-se, as pernas agarrando-se à crisálida, que não parece mais marrom ou apresentar qualquer outra cor — é apenas uma concha vazia que se assemelha ao papel, como a pele seca que você retira de uma cicatriz depois de queimar a mão.

As asas da borboleta estão frisadas devido ao espaço apertado no interior de seu invólucro. O senhor Zamora ainda está olhando fixo e fazendo anotações, olhando fixo e fazendo anotações, preenchendo folha após folha de papel. A borboleta sobe na crisálida como se fosse a maior distância do mundo, abrindo e fechando suavemente as asas como os batimentos cardíacos de um pequeno animal.

Por fim, chega à vareta horizontal e ali se detém, permitindo que o movimento de suas asas se intensifique. Estamos todos aguardando que voe, mas ela não o faz. Apenas permanece ali, crescendo no mundo. Minha garganta se fecha e eu tenho que piscar para conter as lágrimas. Eu queria que Nanay estivesse aqui, para testemunhar isso comigo.

— Faça-a voar, senhor! — diz San.

O senhor Zamora se sobressalta, como se tivesse esquecido que estávamos lá.

— Ela não vai voar, não por enquanto. Suas asas precisam se abrir por completo.

— Isso foi lindo — suspira Mari.

— Eu não convidei nenhum de vocês para assistir — resmunga o senhor Zamora, embora pareça satisfeito por todos estarmos tão maravilhados.

— O que é aquela coisa? — San aponta para o invólucro descartado na vareta.

— Uma cri... — começo a explicar, mas o senhor Zamora faz "shh" para que eu me cale.

— Ele perguntou para *mim*, menina. — Ele se vira para San e diz, presunçoso: — Uma crisálida. É estranho que seja tão ignorante sobre esses assuntos.

— Não temos aulas sobre borboletas — diz a irmã Teresa, fazendo todos nós tomarmos um baita susto. Ninguém a viu entrar na cabana e se postar nas sombras perto da porta. Ela dá um passo à frente agora. — Nós nos concentramos em matemática, outras ciências.

— Não seriam *aulas sobre borboleta* — sibila o senhor Zamora. — O termo correto é lepidopterologia. E é uma ciência reconhecida, irmã. Além disso, eu achava que as freiras não acreditavam nas ciências.

— É claro que sim — esclarece a irmã Teresa. — Nós apenas acreditamos que Deus está na base de todas as coisas.

— A ciência é a base. — As narinas do senhor Zamora se dilatam. — E já estou cansado de você encher a cabeça das crianças com informações que alegam o contrário. Creio que terei eu mesmo que assumir parte da educação delas. Eu poderia lhes ensinar lepidopterologia e, portanto, história natural, seleção natural.

— Isto está fora de sua alçada! — A irmã Teresa respira fundo e firma a voz. — Não possuímos os equipamentos para ministrar tais aulas.

— Solicitarei fundos ao governo — diz o senhor Zamora, farejando a vitória. — Está decidido. — Ele se vira para as janelas. — Agora vão embora, tenho trabalho a fazer.

Descemos dos troncos e as persianas se fecham com um estrondo. Sinto-me mal pela irmã Teresa, mas ainda assim percebo uma pontinha de entusiasmo em meu coração.

— Você acha que ela vai deixar que ele nos ensine sobre borboletas? — eu sussurro.

— Acho que ela não tem muita escolha — diz Mari.

AULAS SOBRE BORBOLETAS

Mari está certa. Na segunda-feira seguinte, a irmã Teresa anuncia com um tom de voz desaprovador que começaremos a ter aulas de lepidopterologia uma vez por semana. O senhor Zamora chega para a nossa primeira aula carregando um calhamaço de papéis debaixo do braço. Foi como entrou na igreja semanas antes, exceto que a nitidez de seus gestos é exacerbada devido à quantidade de peso que perdeu. Há profundas olheiras sob seus olhos, sombras onde antes havia carne. Sua camisa está folgada no corpo, um grande espaço formando-se entre o colarinho e o pomo de adão. Ele amarrou um barbante em volta da cintura das calças para mantê-las no lugar.

Ele pigarreia. Alguns dos alunos não param de falar no fundo da sala. San, Datu e os outros meninos mais velhos se esqueceram de como ficaram hipnotizados com o nascimento da borboleta e voltaram a agir como se não se importassem com coisa alguma. Quando a irmã Teresa anunciou as novas aulas, todos reviraram os olhos e Datu comentou "Borboleta é coisa de *menina*", embora tenha apenas balbuciado e dado de ombros quando a irmã Teresa questionou por que ele achava isso.

O senhor Zamora bate palmas duas vezes, mas ainda assim os meninos não param. Ele levanta a mão e arranha a lousa com suas unhas compridas, produzindo um som de fazer ranger os dentes. Levamos as mãos aos ouvidos e ele sorri.

— Quando eu estiver pronto para começar, vocês devem estar prontos para começar. Quem não se comportar será punido. Entendido?

Os meninos resmungam baixinho.

— Ótimo. — O senhor Zamora começa a alinhar seus papéis sobre a mesa. Ele o faz com muita lentidão, e mais uma vez estou de volta a Culion, vendo-o alinhar sua lente de aumento e pinça.

— Então, lepidopterologia. — O senhor Zamora escreve a palavra na lousa, pressionando o giz com bastante força. — Uma vez eu encontrei um homem ignorante que pensava que era "leproso-dopterologia"...

Fico revoltada. Ele está se referindo a Bondoc, na casa do doutor Tomas.

— Mas, na realidade, as palavras têm a mesma raiz. "Lepra" vem de *lepido*, que significa "escamoso". — Ele faz uma careta. — Tendo encontrado pessoalmente esses indivíduos, posso atestar como é adequada a palavra. É muito repugnante de se ver.

Meu rosto fica vermelho de raiva e uma cadeira arranha o chão nos fundos. Viro-me e vejo Datu de pé, sua expressão deturpada pela fúria. Tenho certeza de que ele está pensando em seu pai, assim como eu estou pensando em Nanay.

— Como você ousa... — o menino começa a falar, mas o senhor Zamora ergue os olhos bruscamente e sorri para Datu. É tão assustador quanto um berro alto.

— Acho melhor você se sentar, garoto.

Após um instante de hesitação, Datu obedece. A classe solta um suspiro coletivo de alívio.

— E lepidóptero, o termo que designa a ordem das borboletas e mariposas — prossegue o senhor Zamora, reassumindo seu tom oficial de professor —, significa "asas escamosas". As asas da borboleta são, na verdade, compostas por muitas escamas sobrepostas... muito embora eu tenha certeza de que vocês concordarão que o efeito é muito mais agradável nas asas do que nos rostos.

Datu deixa escapar outro som de raiva, abafado tarde demais.

— Venha para a frente da sala, garoto — pede o senhor Zamora em voz baixa. Ele continua não se dirigindo a qualquer um de nós, filhos de Culion, pelo nome. Datu aproxima-se dele a contragosto. O senhor Zamora pega a régua de madeira da irmã Teresa ao lado da lousa, e a freira se levanta de seu assento nos fundos da sala.

— Não vou permitir que você bata nesta criança.

— Eu não ia. — O senhor Zamora cutuca os braços de Datu com a régua, direcionando-os para o alto, até que eles estejam esticados como se presos em uma cruz, em seguida, com o giz, marca a parede abaixo de cada braço. — Você vai ficar com os braços levantados assim durante toda a aula. Se descerem abaixo da linha, você será golpeado.

— Isso é mesmo necessário, Narciso? — A irmã Teresa parece estupefata.

Mari me cutuca. *Narciso!*, ela articula com a boca. Seria engraçado numa situação normal, mas o comportamento bizarro dele está revirando meu estômago.

— Disciplina é necessária, sim.

O senhor Zamora apoia os nós dos dedos na mesa. Respira fundo, então fixa os olhos injetados em cada um de nós e começa a falar.

— Nossa primeira lição é sobre as grandes cascos-de-tartaruga, a borboleta que vocês viram nascer. Esta borboleta é comum em países europeus. Os meus exemplares foram enviados de Londres. Eu gosto de criá-las desde o estágio de ovo — algo que somente um lepidopterólogo muito experiente pode tentar. Elas geralmente preferem formar a pupa em olmo e, mais uma vez, é necessário um especialista para conseguir o que eu fiz.

Uma vez que encontra seu ritmo, é impossível não prestar atenção nele. Sua voz cresce e se fortalece como as asas de uma borboleta, e logo ele começa a andar de um lado para o outro como fez na igreja. Atrás dele, a testa de Datu brilha, e seus braços começam a tremer após terem se passado apenas alguns minutos. Toda vez que começam a ultrapassar a linha, o senhor Zamora golpeia a parede logo abaixo deles com a régua.

Estou presa em algum ponto entre a repulsa e o fascínio. Sinto-me péssima por Datu, mas o senhor Zamora é hipnótico, falando com uma voz grave desprovida de entonação. Dou uma espiada nos meninos no fundo da sala e até eles estão ouvindo com atenção. Em um determinado momento, o senhor Zamora explica como a lagarta se torna líquida dentro da crisálida antes de assumir sua forma de borboleta, e San assobia de admiração. O senhor Zamora estende a mão para mostrar a crisálida vazia e ressalta o fato de ela ter perdido toda sua cor, embora antes possuísse uma tonalidade próxima do bronze oxidado. Ele nos mostra um desenho colorido. Possui uma incrível riqueza de detalhes, com um sombreado que passa a impressão que dá até para estender a mão e arrancá-lo do papel. Kidlat estica seus dedos gordinhos para o papel, mas o senhor Zamora afasta-o rápido dele.

— Tem até manchas metálicas na parte dorsal, muito características.

A irmã Teresa pigarreia.

— Senhor Zamora, acabou o tempo.

Atrás dele, Datu desaba, envolvendo os braços em torno de si. A irmã Teresa corre para ele, mas o senhor Zamora simplesmente reúne seus papéis e contorna o menino e a freira agachada ao seu lado.

O cheiro da comida de Luko e Mayumi infiltra-se pela porta aberta e nos dirigimos para o círculo de refeição. Mari e eu somos as últimas a deixar a sala de aula e, ao sairmos para a claridade, vemos o senhor Zamora desaparecendo nas sombras de sua cabana. Ele parece triunfante.

As próximas aulas são retomadas de onde ele parou. Vez ou outra, ele se lembra de algo que o faz agitar as mãos de animação e vasculhar seus desenhos para discorrer sobre algum detalhe em particular. Depois de quatro semanas de aulas sobre borboletas, ele tem mais exemplares para nos mostrar, mas ainda estamos apenas no estágio de crisálida.

Todos somos muito bem comportados — a lembrança de Datu trêmulo diante da parede garante que assim seja —, embora certa vez a Igme mais baixa tenha tido um ataque de tosse e o senhor Zamora berrou com ela para que deixasse a sala. Seu mau gênio mantém-se abaixo da superfície como uma segunda pele, prestes a dar o bote como uma serpente. Ele ainda se alimenta apenas de frutas colhidas direto das árvores e suas mãos continuam em carne viva, corroídas e com cicatrizes avermelhadas. Quando caminha, ele solta um cheiro de antisséptico.

Eu ainda transmito pensamentos do penhasco do crepúsculo para Culion na maioria dos dias, e retiro minhas roupas da bacia de Nanay para colocá-la sob meu travesseiro. Não é muito confortável, mas me faz pensar nela. Ainda não escreveu outra carta. Estou começando a me perguntar se ela precisa colocar algo como uma bacia sob o travesseiro para que se lembre de mim.

— Acho que ela se esqueceu de mim — digo a Mari enquanto olhamos o mar à beira do penhasco. Continua sendo nosso segredo — sempre nos certificamos de que ninguém nos siga.

— Impossível — assegura Mari. — O que acontece é que é mais difícil ser deixado para trás do que partir. Ela provavelmente está tentando seguir em frente com a vida.

Eu escuto suas palavras, mas não as assimilo. Há uma sensação que pressiona minha pele, incômoda como uma erupção cutânea — uma inquietação. Termino cada pensamento com *Um passo a menos!* E também: *Você está bem, Nanay?*

O FRASCO MORTÍFERO

O senhor Zamora está a todo vapor. Finalmente chegamos ao estágio de "eclosão", que é aquele que testemunhamos acontecer em seu escritório.

— Após a eclosão, demora algumas horas para que as asas fiquem rígidas e fortes o suficiente para voarem. Vocês se lembram como ela as agitou levemente? Era para que secassem mais rápido.

O senhor Zamora se abaixa e deposita cuidadosamente sobre a mesa uma cúpula forrada por um tecido. Ele remove com afetação o pano. Mari se inclina para a frente para ver melhor, assim como muitas das outras crianças. Tudo o que consigo distinguir é um frasco de vidro com o que parece uma fatia de manga ao fundo. A grande casco-de-tartaruga esvoaça e mergulha como se estivesse embriagada, colidindo com as paredes do vidro. As crianças reagem maravilhadas, mas tudo que me vem à mente é como deve ser horrível estar presa ali.

— O estágio final para esta borboleta é a preservação — explica o senhor Zamora. — Agora que concluímos nossa demonstração posso processar a borboleta. Vocês têm alguma pergunta?

Eu me viro. San está com a mão levantada. O senhor Zamora só aceita as perguntas dos órfãos.

— O que significa "processar"?

— Significa isso. — O senhor Zamora segura uma garrafa contendo líquido transparente e uma compressa de gaze. — Clorofórmio.

Ele põe um pano sobre a boca e despeja um pouco de líquido na gaze. Sinto um cheiro forte de algo químico, que me causa tontura. Em seguida, ele levanta de leve a cúpula e desliza a gaze para o interior dela. Lá no fundo da minha mente zonza, sei que não vou gostar do que vai acontecer a seguir. A borboleta continua a mergulhar, mas logo seus movimentos se tornam mais decididos. Ela se joga contra o vidro num ritmo quase revoltante.

— Pare! — grita Mari. — Você a está machucando. — Kidlat começa a chorar.

— Vai acabar logo — diz o senhor Zamora. Seu olhar está fixo na borboleta moribunda, e todo o meu medo em relação a ele retorna. Ele está gostando de assisti-la morrer. Mari fica de pé e corre para a frente da sala de aula. Ela tenta levantar o frasco, mas o senhor Zamora agarra seu pulso.

— Não se atreva — ele vocifera, mas Mari ergue a mão direita defeituosa e derruba o frasco. Ele se espatifa no chão.

Mas já é tarde demais, todos nós podemos perceber. A borboleta caiu sobre a gaze, suas asas imóveis.

— Criança idiota — sibila o senhor Zamora. — Você quebrou meu frasco mortífero!

Ele ainda está segurando o pulso de Mari e posso perceber sua pele ficando branca com a pressão. Ele levanta a mão e dá para ver que o tapa não será leve.

— Senhor Zamora! — A irmã Teresa corre para a frente da sala. — Contenha-se.

Mas a mão do senhor Zamora não é impedida pelas palavras da irmã Teresa. Ele reparou na mão direita de Mari.

— Leprosa — ele acusa com voz trêmula, soltando-a de imediato. — Leprosa!

— Ela não é — diz a irmã Teresa, puxando Mari para perto de si. — Ela nasceu assim.

— Ela é deformada? — pergunta o senhor Zamora, os olhos fixos na mão de Mari com um interesse doentio. — O que causou isso?

Mari leva a mão às costas, e começa a se afastar.

— Fique onde está — ordena ele. — Você quebrou meu frasco mortífero. Você vai consertá-lo.

Todos nós olhamos para os cacos espalhados pelo chão. Está partido em muitos pedaços.

— Senhor Zamora, é impossível... — começa a protestar a irmã Teresa.

— Ela vai tentar. — Os olhos do senhor Zamora brilham de maldade. — Senão...

— Senão o quê? — A irmã Teresa está com o rosto vermelho, sua voz é ríspida.

— Esta é a menina sobre a qual você escreveu para o governo, não? Aquela que foi abandonada.

Há um silêncio sepulcral. Quero impedi-lo de falar, arrastar Mari para fora, mas sinto-me paralisada.

— Eu deveria ter percebido antes. Quantas crianças nascem tão esquisitas? — Mari se encolhe. — Eu estava lá quando chegou a carta sobre a garota pálida. Você recebeu ordens de encaminhá-la para um asilo, se não me engano.

A irmã Teresa está tremendo, mas Mari fica imóvel. Ela está observando o senhor Zamora como se ele fosse um ninho cheio de vespas.

— Agora eu me lembro — diz o senhor Zamora, deleitando-se em roubar nossa atenção. — Tenho certeza de que meu irmão ficaria muito interessado em saber o que aconteceu com ela e como a freira desrespeitou uma ordem direta e gastou recursos valiosos, reservados para os órfãos, com uma garota que deveria estar trabalhando para seu sustento.

— Por favor, senhor Zamora... — A voz da irmã Teresa treme tanto quanto sua mão. — Eu...

— Então, realmente é o mínimo que a criança pode fazer — ele a interrompe. — Consertar meu frasco mortífero?

— Sim, senhor. — Mari diz com clareza.

— Está resolvido, então. — O senhor Zamora reúne seus papéis. — Você pode trazer os cacos para minha oficina. Tenho materiais lá que você pode utilizar.

Um silêncio de perplexidade se instala enquanto ele deixa a sala de aula, como a calmaria antes da monção cair como um lençol, como se o mundo estivesse prendendo a respiração. Mari se ajoelha e começa a varrer com a mão os cacos para uma folha de papel. A irmã Teresa parece ter levado uma bofetada.

— Está na hora do jantar, crianças — ela reúne forças para anunciar, em seguida, dirige-se até seu escritório e fecha a porta. Todos correm para ir embora, mas eu me agacho para ajudar Mari, segurando o papel com firmeza enquanto ela recolhe o vidro.

— Você está bem? — É uma pergunta estúpida, e ela não me responde. — Ele não pode obrigá-la a consertar isso.

— Ele pode — diz Mari simplesmente.

— Mas como? Mesmo se houvesse menos peças, com certeza com a sua mão...

O olhar feio que ela direciona a mim me detém.

— Você acha que eu não consigo?

Antes que eu possa dizer mais alguma coisa, ela dobra o papel e leva os cacos de vidro para fora. Sinto meu corpo pesado e permaneço sentada por um momento. A borboleta morta ainda está na gaze. Deposito-a com cuidado na minha palma, mas minha mão está úmida e as asas soltam uma poeirinha e grudam. Eu a empurro para o cesto de lixo, as asas amassadas brilhando melancolicamente até que eu a enterro mais fundo sob exercícios de matemática preenchidos.

Quando saio para o pátio, Mari não está lá. O senhor Zamora está sentado em uma cadeira do lado de fora de sua oficina, a porta fechada.

— Ela está lá dentro — diz Luko, vindo até mim.

— Ele falou que ela não pode sair até que esteja consertado. E a irmã Teresa deveria mandar uma mensagem para Manila.

Mas, se a irmã Teresa fizer isso, Mari será mandada para o asilo.

Luko coloca uma mão reconfortante no meu ombro.

— Ele logo vai se acalmar, tenho certeza.

O cozinheiro volta para a fogueira. O senhor Zamora já me parece muito calmo. Está sorrindo com aquele seu olhar morto. Kidlat caminha discretamente até mim, trazendo duas tigelas de macarrão, e juntos sentamo-nos no chão seco ao lado da porta do orfanato e observamos a oficina.

As estrelas já estão brilhando no céu escuro quando o senhor Zamora se levanta de maneira desengonçada da cadeira e abre a porta da oficina. Ele entra e pouco depois Mari sai. Ela está ainda mais pálida do que o habitual, a cabeça baixa. Apresso-me a ficar de pé, com as pernas dormentes e formigando, alcançando-a quando o senhor Zamora fecha a porta atrás dela.

— Você está bem? — quero saber. Ela caminha tropeçando de leve. — O que aconteceu?

Não faz o menor sentido ela estar tão fraca — só está lá dentro há algumas horas, no máximo.

— Só um pouco tonta — diz ela. As outras crianças começam a se aglomerar ao redor e ela baixa ainda mais a cabeça. — Podemos ir para o penhasco?

Envolvo meu braço em sua cintura e murmuro algo para os outros sobre ela não estar se sentindo muito bem, então, eles recuam. Balanço a cabeça para Kidlat quando tenta vir atrás, e ele enfia o polegar na boca.

Caminhamos devagar até o penhasco e, quando chegamos lá, Mari se joga no chão. Respira fundo três vezes.

— Oh, isso é muito melhor!

— O que aconteceu? Por que você estava tonta?

Mari rola para o lado, apoiando-se sobre a lateral do corpo.

— Aquela sala não tem janelas e ele guarda todos os seus produtos químicos lá dentro. Minha cabeça está zonza.

Lembro-me do odor do clorofórmio, de como fez minha cabeça girar.

— Que horrível.

— Cheirava mal. Quanto ao frasco, é impossível... Embora você já tenha adivinhado isso, não é?

— Eu não deveria ter dito aquilo. Sinto muito — começo a me desculpar, mas ela está sorrindo.

— Está tudo bem. É que me irrita quando as pessoas pensam que eu não consigo fazer algo por causa da minha mão.

Sou inundada por uma enorme onda de alívio em reação às suas palavras, eliminando a preocupação presa na minha garganta.

— Você conseguiu consertar um pouco?

Mari bufa.

— Nem um pouco. Ele diz que eu tenho que tentar de novo amanhã, mas nunca vou conseguir. Ninguém conseguiria. Espero que ele se canse de esperar e compre outro mais cedo ou mais tarde. Não vai querer ficar por muito mais tempo sem o seu *frasco mortífero*. — Ela estremece com tais palavras.

Quero perguntar-lhe se ela está preocupada com a ameaça do senhor Zamora de mandá-la para o asilo, mas ela voltou ao seu normal e não quero tocar no assunto. Ficamos sentadas ouvindo a calmaria e as ondas do mar quebrando, até que a sineta da irmã Teresa avisando que é hora de dormir nos convoca a retornarmos.

O INCÊNDIO

Após o almoço, Mari é conduzida de volta à oficina. Enfio minha laranja em seu bolso antes que ela se levante, e Kidlat faz o mesmo. Ela articula um *obrigada* com os lábios e então se ausenta pela manhã. Fico distraída durante toda a aula de matemática, chegando até a responder errado à pergunta da irmã Teresa, embora seja uma soma tão básica que mesmo Kidlat conseguiria acertar.

Naquela noite, ele e eu reassumimos nosso posto de vigia e, assim que o senhor Zamora destranca a porta, corro para Mari. Seus olhos estão brilhando de entusiasmo e ela está mantendo o braço próximo à barriga de uma forma estranha, como se estivesse machucada.

— O que há de errado com a sua...

Mas Mari agarra a minha mão.

— Vem rápido.

Sinto dedos pequenos, grudentos de polpa de laranja, envolvendo minha outra mão, mas eu os afasto.

— Não, Kidlat — eu grito. — Fique aqui. — Ele observa solene enquanto desaparecemos de vista, e eu me forço a engolir a pontada de culpa enquanto Mari me arrasta, caminhando meio desajeitada. Passar uma tarde inteira inalando produtos químicos prejudicou seu equilíbrio, mas ela continua me puxando, quase correndo para o penhasco. Ela gira nos calcanhares na beirada para ficar de frente para mim, seus olhos dourados cintilando.

— Ami, encontrei as cartas.

Meu coração dispara com batimentos acelerados de beija-flor.

— Como assim?

Ela retira um envelope do bolso. Tem meu nome escrito nele.

— O quê? — Sinto minha mente atordoada, como se fosse eu quem estivesse respirando produtos químicos. — Como conseguiu isso?

— Eu roubei, é óbvio! Vamos, Ami — encoraja Mari com impaciência. — Pegue.

O envelope tem cheiro de clorofórmio e laranja da casca que restou no bolso de Mari. A mensagem de Nanay está ali dentro, mas e se forem más notícias? Não consigo abrir. Enfio-a no meu bolso.

— Você não vai ler?

— Onde ela estava?

— Sabe aquelas caixas que vemos ele carregando quando volta da cidade? Bem, eu abri algumas e encontrei

um montão de cartas, uma pilha alta que chega até aqui.
— Ela faz um gesto na altura do joelho. — Olha.
       Ela tira a mão da barriga e dezenas de envelopes derramam-se de sua túnica, acumulando-se em torno de seus tornozelos. Ela enfia a mão no outro bolso e retira mais cartas. Vislumbro uma endereçada a Datu, outra a uma das Igme. Pisco perplexa para ela. O que ela está me dizendo não faz nenhum sentido.
       — Será que não entende? — Ela balança o leque de cartas na minha frente. — Ele está interceptando as cartas de Culion. Temos que contar à irmã Teresa — ouço Mari dizer em meio ao latejar em meus ouvidos. — Ele não pode escapar impune.
       — O que foi que você disse?
       Mari congela e aquela voz perfura meu peito como uma lança de gelo. Nós duas nos viramos. O senhor Zamora está parado nos limites da floresta escura, a tocha acesa em sua mão transformando seu rosto magro em um labirinto de sombras.
       — Eu ficava me perguntando para onde vocês saíam de fininho. E não poderia estar mais feliz por tê-las seguido, afinal, de que outra maneira eu descobriria que você era uma ladrazinha nojenta e dissimulada? — Ele avança sobre Mari, que ainda está segurando o maço de cartas.
       — O ladrão dissimulado é você — rebate ela com ousadia. — Você tem roubado as cartas de Culion.

— Quem está no comando aqui sou eu — ele sibila. — E sou eu quem decide que tipo de comunicação é transmitida. Essas cartas estão contaminadas...

— Não estão! — esbraveja Mari. — Não é assim que funciona...

— O cientista aqui sou eu! — Seus olhos saltam. — Eu estava mandando aquelas cartas para testá-las em Manila, para provar que são imundas, perigosas... — Ele se detém e respira fundo pesadamente. — Mas você rompeu o lacre da caixa. Você estragou tudo...

Ele levanta a mão como se fosse bater nela, e o sangue sobe à minha cabeça. Coloco-me entre eles, meu coração batendo forte, e o senhor Zamora cambaleia para trás como se estivesse evitando uma cobra.

— Afaste-se. — Ele balança a tocha para mim. Ele ainda acha que sou Tocada, como Nanay. Isso significa que tem pavor de mim. Meu próprio medo se transforma em ousadia. Dou mais um passo em sua direção e ele tropeça ligeiramente, ordenando a Mari por cima da minha cabeça: — Você! Leve agora mesmo essas cartas de volta para a minha oficina.

— Quer pegá-las agora? — Mari joga algumas nele e elas flutuam como gaivotas. Uma pousa no pé do senhor Zamora e ele a afasta com o pé. Não quer tocá-las com as próprias mãos.

Mas o que ele faz em vez disso é muito pior. Ele olha de mim para a carta, e de volta para mim. Então, com um leve sorriso retraindo suas faces encovadas, ele encosta a tocha nela.

O fogo se alastra num instante, um clarão repentino contra a grama. A raiva se apodera de mim. Para quem era aquela carta? Igme? Kidlat? Era outra de Nanay?

— Você não pode fazer isso — protesta Mari, indignada, mas o senhor Zamora não está mais ouvindo, não nos dá mais ouvidos. Ele olha em volta buscando mais cartas e vai abaixando a tocha repetidamente, enquanto Mari e eu corremos para resgatar os envelopes espalhados. O senhor Zamora ateia fogo em cada um deles, ignorando nossos gritos para que pare. Iluminam-se como faróis, ou estrelas cadentes.

O homem avança para a pilha maior e, embora Mari esteja recolhendo as cartas do chão e levantando-se para colocá-las nos bolsos, ele também as incendeia. Ela grita e pula para longe, e juntas nós o empurramos, tentando tirar a tocha de sua mão. Rindo descontrolado, ele se esquiva e começa a recuar em direção à beira do penhasco, brandindo a tocha diante de si. O calor passa terrivelmente perto da minha bochecha, um beijo escaldante de dor quando a ponta das chamas me toca.

— Pare! — Mari grita, puxando-me de volta para as árvores. Estou furiosa, debatendo-me contra ela. Quero tirar a tocha das mãos dele, jogá-lo do penhasco, qualquer coisa para fazê-lo parar de rir. O calor está pulsando por todo meu corpo, descendo pelas batatas das pernas, percorrendo os ombros.

— Ami, pare!

Virando-me para Mari, pronta para empurrá-la se ela não me soltar, por fim me dou conta do que ela está me puxando. Não é a raiva que está fazendo minha pele queimar — é o próprio fogo. Ao redor das cartas queimadas, a grama, morta e seca e esperando pela monção, inflamou-se como estopa. O que há pouco era um suave brilho agora é uma profusão de laranja e vermelho e calor. Um paredão de chamas está se alastrando à nossa volta com a velocidade de uma barragem estourando, incrivelmente rápido.

— Vamos! — Mari puxa decidida minha mão e começamos a correr. As chamas lambem as árvores conforme as alcançamos, os galhos baixos explodindo em um fulgurante brilho alaranjado. Espio por cima do ombro. A fumaça está se elevando como névoa, mas vejo uma camisa branca disparando atrás de nós, não muito distante. Meus pulmões se contraem enquanto mais fumaça se infiltra pelas minhas narinas.

Embora estejamos correndo o mais rápido que podemos, as chamas avançam com ainda mais rapidez. Elas se espalham da grama para os galhos e deles para as árvores como espíritos, tornando-se cada vez mais famintas e abrindo suas bocas imensas flamejantes como se fossem engolir o mundo inteiro e todos nele. Há som de estalos por toda parte, a madeira seca estourando enquanto se aquece e se parte. Meu peito arfa, doendo por causa de uma fisgada e da fumaça, e Mari está gritando, insistindo para que eu prossiga.

Enfim, estamos à frente do fogo e, tossindo, rompemos a estreita faixa de mata. A sensação do ar é como caminhar por uma cachoeira, fresco e revigorante. As crianças já estão se aglomerando e algumas delas gritam para nós quando surgimos. Datu nos arrasta para a segurança, Kidlat tentando ajudar, puxando minhas calças. A irmã Teresa abre caminho até nós enquanto Mari vomita ao meu lado. Kidlat está passando os dedos pelo meu rosto, franzindo a testa, como se estivesse verificando se eu estou ferida.

— Eu estou bem, Kidlat — asseguro, rouca. — Eu não me queimei.

— O que aconteceu? Vocês estão bem? — A freira cai de joelhos ao lado de Mari, olhando impressionada para as árvores em chamas.

— O senhor... Zamora... — ofega Mari.

— Foi ele que provocou isso? — A irmã Teresa cospe as palavras. — Onde ele está?

Olho em volta. Ele não está aqui. Ele não nos seguiu. Mari e eu nos entreolhamos, então contemplamos com horror quando um galho em chamas desaba no chão.

— Ele estava bem atrás de nós... — começo a explicar.

— Ele está na floresta? — A irmã Teresa fica de pé num pulo. Ignorando o berro de "Não, irmã!" de Luko e o gritinho de Mayumi, ela cobre a boca com o hábito e se enfia nas árvores. Luko tenta segui-la, mas outro galho desaba no chão na frente dele, e Mayumi solta outro gritinho, puxando-o para longe.

Tudo é uma confusão em vermelho: rostos suando e brilhando, iluminados pelo fogo terrível, um calor tão forte que parece que está chamuscando meus cabelos. Conto devagar para não entrar em pânico. *Um. Dois. Três. Se ela voltar até o dez, então está bem. Sete. Oito. Se ela voltar até o doze, está bem. Onze. Doze. Eu quis dizer vinte...*
Embora o incêndio esteja crepitando ferozmente, ele parece muito distante, como ouvir uma tempestade vinda do fundo do mar. Os segundos continuam passando. *Vinte e um. Vinte e dois.* Os meninos mais velhos estão pairando na borda da floresta, tentando enxergar através do fogo e da fumaça preta. Finalmente, depois do que parece ser um longo tempo, Datu grita:

— Eles estão lá!

Uma forma estranha surge em meio à fumaça.

— Ajude-a! — grita Mayumi.

A forma se materializa no senhor Zamora, apoiado pesadamente na freira, que o envolveu em seu hábito para protegê-lo das chamas. Alguns dos meninos correm e retiram o corpo flácido do senhor Zamora do apoio da irmã Teresa, que emerge ofegante e gaguejando, seus olhos revirados, o rosto coberto de fuligem. Seu véu está pegando fogo e ela tenta arrancá-lo. Luko a arrasta para longe dos galhos em chamas que caem.

— Água. Vão buscar água para ela! — grita Luko, ajudando-a a arrancar o tecido em chamas. Forço-me a erguer o corpo, minha cabeça latejando, e sento-me observando Mayumi correr para buscar água.

Sob o véu, os cabelos da irmã Teresa são fartos, de um ruivo vivo, reluzindo à luz do fogo, não grisalhos como eu sempre supus. Mas está caindo em grandes chumaços, chamuscado em alguns pontos. Sua testa e pescoço estão formando bolhas e ela geme. O ruído produzido por seus pulmões dá a impressão de que estão cheios de líquido, não de fumaça. Mayumi retorna com água e, não demora muito, um grupo de cidadãos vem correndo, seguido por uma carroça de água. Eles devem ter visto o incêndio da cidade. Eles armam uma corrente de baldes, fazendo o possível para apagar as chamas, mas nenhum de nós está vigiando o incêndio. Toda a nossa atenção está voltada para a irmã Teresa. Luko tenta fazer com que ela se sente, mas seus olhos reviram quando ela desmaia.

— Temos que levá-la ao médico — grita Luko. — Vou levá-la em Tildie... Não há tempo para esperar por uma carroça. Alguém cuide dele. — Ele aponta com a cabeça para o senhor Zamora e depois levanta a irmã Teresa, carregando-a.

Kidlat caminha meio em dúvida até o homem desmaiado. Mari finalmente parou de tossir e também se arrasta até o senhor Zamora. Observo Kidlat abaixar sua orelha até a boca do homem. O senhor Zamora nunca pareceu tanto um inseto, com seus membros retorcidos.

— Os pulmões dele parecem limpos? — pergunta Mari burocraticamente. Kidlat concorda. A boca de Mari forma uma linha severa. — Vá buscar um pouco de água, Kidlat. Ami, um pano para limpar o rosto dele.

Parece que estamos no meio de um campo de batalha, todos espalhados. O fogo consumiu o que podia das árvores e está se extinguindo aos poucos. Eu rasgo uma tira da camisa do senhor Zamora e a umedeço na água do balde que Kidlat traz, limpando o grosso da fuligem do rosto do homem.

Suas pálpebras levantam-se de repente, os olhos horrivelmente vermelhos e injetados contrastando contra sua pele cinzenta. Meu rosto está a centímetros do dele e a intensidade com que me encara — me encara não, parece olhar através de mim — é como se seu olhar estivesse esfolando minha pele. Fico tensa. Ele cheira a leite azedo e fuligem. Sua mandíbula se move enquanto ele tenta se sentar.

— Afaste-se de mim, leprosa.

Mari o empurra com força de volta para o chão. Seus olhos reviram e ele cai para trás, ofegante.

Meu coração bate forte, sinto a pulsação latejante na minha têmpora. Largo a camisa e caminho em direção ao orfanato, tropeçando em meio à corrente de baldes de água. Luko e a irmã Teresa se foram, mas outras pessoas estão chegando da cidade carregando mais baldes. Corro para dentro e desabo na cama, ouvindo os gritos e o barulho da água.

— Ami? — Tenho a sensação de que mil anos se passaram quando o peso de Mari afunda na cama. Meu corpo parece feito de pedra, fossilizado. Imagino-me afundando, descendo cada vez mais, pela cama, então pelo chão, depois penetrando o solo. Mari me traz de volta para cima com um puxão decidido, e nós nos abraçamos na escuridão espessa como um manto após o fulgor ardente do incêndio.

— Você acha que a irmã Teresa vai ficar bem? — digo, por fim. Lágrimas escorrem quentes pelo meu rosto. Mari se afasta, enxugando suas bochechas. Sua pele brilha na penumbra.

— Eu não sei. Ela parecia mal. Seu pescoço estava todo queimado. — Ela estremece.

— Deveriam prendê-lo. Ela podia ter morrido. *Nós poderíamos ter...*

— Mas isso não aconteceu — retruca ela, brava. — E você recebeu a carta da sua *nanay*, não recebeu?

Eu havia me esquecido, mas agora a retiro do bolso, amassada, porém, intacta. Hesito. É somente quando Mari diz "Ami?" e toca meu ombro que percebo que estou prendendo a respiração.

O envelope é mais fino do que o anterior e, quando o abro, há apenas uma folha de papel. Logo de cara sei que estava certa — tem alguma coisa errada. Nanay escreveu apenas duas linhas, e elas ondulam e se entortam no papel.

Ami, minha filha. Fui internada no hospital, mas você não deve se preocupar. É apenas uma complicação. Penso em você todos os dias. Eu te amo.

Logo abaixo, há mais cinco linhas, mas não estão escritas na caligrafia de Nanay.

Querida Ami, a condição de sua mãe é pior do que ela gostaria que você soubesse. Escrevi para o senhor Zamora solicitando dispensa especial para que você a visite. Fico com ela o máximo possível, e Capuno está lá quando eu não estou. Nós todos amamos você e esperamos que você volte para casa em breve. Bondoc

— Ami?

Ouço Mari como se estivesse embaixo d'água. Deslizo para fora da cama e o chão gira sob meus joelhos. Tenho que colocar as mãos à minha frente e baixar a cabeça para impedir que minha visão fique turva.

— Ami — Mari volta a me chamar, pousando com delicadeza a mão nas minhas costas e esfregando-a para cima e para baixo. Afasto-a com o ombro e recuo rápido. Seu toque reconfortador é muito parecido com o que Nanay costumava empregar quando eu acordava de oceanos agitados e demônios noturnos, ou mundos sem ela. Os mundos sem ela eram os piores.

— Ami, conte-me o que há de errado — Mari está falando perto do meu ouvido, mas suas palavras estão arrebentando em mim como a água do mar. Minha respiração está presa na garganta. Não consigo expirar e inspirar com rapidez suficiente. Não consigo pensar.

Enfio um polegar em cada orelha e estendo meus dedos com força sobre os olhos e as têmporas. A pressão e o silêncio me trazem concentração. Meu coração pulsa forte nos ouvidos.

Apesar de toda a emoção provocada por um novo lar e uma nova amiga, finalmente sei o que uma parte de mim sabia o tempo todo, mesmo quando me sentei com Nanay falando que os dias passam rápido, e as mensagens trocadas nos aproximando como passos. Eu não posso deixá-la, não importa o que digam os médicos e os avisos. E não vou fazer isso.

Quando afasto as mãos do rosto, meu coração voltou a bater num ritmo regular e minha cabeça parece clara e decidida. As outras meninas entram em bando no dormitório, perguntando-nos o que aconteceu, mas Mari está me observando atentamente. Há uma expressão intrépida em seus olhos, iluminando suas irises.

Mayumi está parada na soleira da porta, seus olhos arregalados como um cervo assustado.

— Para a cama, meninas — ordena ela, sua voz falhando. — Por favor, nada de discussão esta noite.

Mari aperta minha mão.

— Mande-me uma mensagem. — Ela passa apressada pelas meninas reunidas e sobe as escadas. Enquanto me sento na cama, ignorando as perguntas sussurradas, o início de um plano começa a se delinear para mim.

Passa-se um bom tempo até que o dormitório mergulhe no silêncio. O cheiro de fumaça da madeira queimada paira no ar enquanto aguardo as outras dormirem. Por fim, é seguro pegar um pedaço de papel. O barbante já está esperando lá fora.

Escrevo duas frases.

Mari, preciso da sua ajuda. Tenho que voltar para Culion.

Amarro a mensagem no barbante e dou um leve puxãozinho. Ele começa a ser içado de imediato, mas, mesmo assim, desejo que o faça ainda mais rápido. O barbante logo volta a balançar na janela. *Como?*

Respiro fundo e escrevo cinco letras. *Barco.*

O SEGREDO

Somos despertadas por Mayumi e, por um instante, penso que ela foi deixada no comando e que o senhor Zamora se foi. Mas, às dez em ponto, ele sai de sua cabana como sempre, como se nada tivesse acontecido, apesar do chão do pátio ter se transformado em lama com a água derramada dos baldes. Quando fala, sua voz está rouca por causa da fumaça.

— Bom dia, crianças. — A malícia com que nos encara é acentuada pela alegria em sua voz. — A irmã Teresa foi levada para um hospital no continente, e Luko a está acompanhando. Quanto às encrenqueiras que iniciaram o incêndio... — Ele faz uma pausa e fixa seus olhos injetados em Mari e em mim. Retribuo o olhar feio. — Elas serão transferidas para asilos assim que eu receber uma realocação adequada para elas do governo. — O choque me invade e Mari agarra minha mão.

— Ele está nos culpando pelo incêndio? — ela sibila, mas eu não me importo com isso. Eu me preocupo com o que ele disse em seguida: asilos?

Ele levanta um pedaço de papel.

— Estou enviando agora mesmo a solicitação e espero ter uma resposta em uma semana. Elas serão transferidas separadamente, é claro. — Ele sorri, depois guarda a carta no bolso da camisa e começa a descer a colina.

Meu ódio se cristalizou: ele ocupa o meu peito, sólido e radiante. Útil. Ele acha que venceu, mas tudo o que fez foi me dar forças. Uma semana mais e teremos partido, mas juntas, e não para asilos. Mari e eu nos dirigimos para o penhasco.

A floresta está reduzida a troncos chamuscados e corremos para evitar que as brasas queimem nossos pés.

— Eu já pensei em tudo — conta ela. — Podemos pegar alguns materiais de trás do anexo — eles deixaram bastante madeira e pregos e Luko deve ter todas as ferramentas de que precisamos. O principal problema será tornar o barco impermeável, mas contanto que não esteja muito danificado, tenho certeza de que podemos consertá-lo. Vamos precisar de remos, é claro. Quanto tempo você disse que demorou para chegar aqui?

— Cerca de duas horas.

— Claro que vai demorar mais do que isso para velejar até lá. Talvez leve metade do dia.

— Como saberemos se o vento está correto?

— Ficaremos de olho no Veneta, é claro.

— E se o vento não estiver a nosso favor?

— Aí, nós remamos.

— Não tenho certeza se conseguiremos remar lá.

— Conseguiremos, sim. Só vai demorar muito. Mas se a corrente nos ajudar...

Eu paro no meio do caminho.

— Você parece saber exatamente o que fazer.

— Já faz tempo que estou planejando consertar o barco. A única coisa que me impedia era que eu não tinha para onde ir. E ninguém com quem ir.

Sou inundada por ternura. Tudo que consigo pensar em dizer é:

— Obrigada.

Ela revira os olhos.

— Agradeça-me quando o fizermos flutuar.

— Você não tem que vir, você sabe.

Desapontamento se estampa em seu rosto.

— Você quer que eu vá para o asilo?

— Claro que não.

— Você não quer que eu vá com você?

— Claro que quero.

— E você sabe velejar? Fazer nós?

Balanço a cabeça.

— Está decidido, então.

Descer a trilha estreita da encosta envolve muitas quedas controladas de minha parte. Arranco tufos de grama e derrubo pedrinhas para todo lado. Mari é muito mais elegante do que eu, embora use apenas uma das mãos. Quando alcançamos o trecho de areia, ela mal chega a estar ofegante. O barco pintado de vermelho está afundado logo abaixo da superfície, na parte rasa, o mastro apontando para o céu, amarrado a uma estaca por um pedaço de corda verde fedorenta. Parece mais uma canoa de pesca do que um barco a remo, e eu sei que isso é uma coisa boa, porque eles são feitos para serem leves e fortes, retirados e levados para a água todos os dias.

— Aí está ele! — Ela faz um movimento de "tchã-rã" com a mão. — Tarefa número um: tirá-lo do fundo.

Não é uma tarefa fácil. Embora o barco pareça leve, a areia preencheu o fundo e o tornou pesado como pedra. Logo percebo por que ele afundou — um longo arranhão próximo à borda do casco, onde deve ter raspado uma rocha.

— Precisamos virá-lo — instrui Mari. — Tombá-lo para tirar a areia, então podemos puxá-lo para a costa.

Arregaçamos as calças e entramos na água. Seguro a parte de baixo do barco com firmeza. A formação de cracas o tornou áspero e faço uma careta de dor quando arranham meus dedos. Mari junta-se a mim, enganchando seu ombro sob a borda do barco.

— No três. Um... dois... três!

Nós levantamos. O barco se desloca imperceptivelmente. Mari conta até três repetidamente. Cada vez que nos esforçamos demais, nós afundamos, fazendo a areia rodopiar aos nossos pés. De forma lenta e dolorosa, ele começa a sair do lugar.

— Continue! — grita Mari. Empurro e empurro até que, finalmente, com um grande deslocamento d'água, o barco se solta e emborca um pouco.

A areia escorre e Mari dá a volta para o outro lado a fim de firmar o barco e certificar-se de que ele não vire por completo e esmague o mastro. O barco começa a se erguer ligeiramente, com o lado danificado voltado para fora da água e, pela primeira vez desde que li a carta de Nanay, sinto uma pequena semente de esperança ser plantada ao lado da preocupação que habita minhas entranhas.

— Agora, pegue aquele lado e puxe — ordena Mari, apontando para a proa. — Eu vou empurrar.

Essa parte é mais fácil, depois que o lacre do oceano já foi rompido. Nós o arrastamos para longe da linha da maré alta e desabamos na areia. O barco tomba para o lado.

— E agora? — Eu pergunto, ofegante.

— Agora, nós o roubamos.

O senhor Zamora se nega a interromper sua rotina de anotações para ficar de olho em nós, então, é Mayumi quem é incumbida de nos controlar o máximo que puder. Sinto pena dela, mas sua postura flexível permite que Mari e eu tenhamos muito tempo para trabalhar no barco.

As outras crianças também facilitam as coisas, porque sem um horário para mantê-los ocupados os meninos também saqueiam a pilha de lenha em busca de material para construir casas nas árvores e fortes. Mari e eu não encontramos dificuldade para pegarmos o que precisamos, já que também não é tanta coisa quanto eu temia. O casco do nosso barco está quase livre de furos e consertamos a rachadura na borda da melhor maneira possível. Roubamos um balde enferrujado do armário de limpeza de Mayumi, para tirar água.

Além de nos desvencilharmos de Kidlat quando ele tenta nos seguir, a vela apresenta o maior desafio. Um lençol apenas permite que o vento passe direto e, mesmo com dois, ela mal se move. Furto mais três quando é minha vez de lavar a roupa, e sobrepomos em camadas todos os cinco, estendendo-os entre nós na beira do penhasco. O vento sopra e é capturado pelos lençóis, arrastando Mari para longe.

— Acho que vai dar certo! — Ela ri, limpando a lama dos joelhos.

Três dias depois, o barco está flutuando na extremidade de sua corda verde. Após cinco dias, construímos três remos com varas e tábuas unidas — Mari insistiu em levarmos um sobressalente.

— Como vamos chamá-lo? — pergunta ela.

— Como assim?

— Todos os barcos precisam de um nome — explica ela. — Traz boa sorte.

Nós duas ficamos em silêncio, pensando. Por fim, Mari estala os dedos.

— Já sei. *Lihim.*

— Segredo?

— Nosso segredo. — Ela sorri.

No sexto dia, o senhor Zamora retorna da cidade com uma carta. Ele a brande para nós duas no jantar.

— Vocês podem querer aproveitar o dia de hoje para se despedirem. Recebi cartas de dois asilos muito interessados em crianças — boas para deslizar em espaços entre as máquinas. — Seu rosto está pele e osso quando ele se afasta para sua cabana, assobiando.

— Por que você está sorrindo? — Tekla questiona Mari, num tom rude. — Esses lugares são horríveis. Você pode perder uma mão... oh, opa.

Algumas das outras garotas riem, mas Mari encara firme Tekla.

— Você deveria ser mais gentil. Seu rosto logo ficará tão abominável quanto o dele. — Ela encosta a cabeça na minha. — Assim que o sol raiar, está bem?

Concordo com a cabeça, olhando ao redor da fogueira. Ninguém parece muito chateado com a nossa partida. Apenas Kidlat está me observando, embora até mesmo ele tenha se afastado nos últimos dias. Suponho que se você enxotar alguém o suficiente, ele vai parar de tentar insistir. A leve pontada no meu peito é suprimida pela determinação. Iremos voltar para Nanay: vamos sim.

Mal consigo dormir e, assim que a luz brilha pelas venezianas, ouço o ranger de uma tábua do assoalho acima da minha cabeça. Passo furtivamente pelas garotas adormecidas, encaminhando-me até onde Mari está aguardando com uma fronha no pátio, seu rosto radiante de animação. Ela aponta para Veneta. Veneta, por sua vez, está apontando para a frente do orfanato.

Sem trocarmos uma palavra, pegamos o máximo de frutas que conseguimos do estoque de Luko próximo à fogueira e saímos correndo. A floresta está escura e silenciosa, o chão coberto de cinzas, o cheiro de fumaça de madeira queimada ainda pairando no ar da manhã.

Hesito no topo do penhasco, meu coração disparado. A sombra da Ilha Culion adquire uma tonalidade rosada ao nascer do sol. Parece uma distância homérica, e tenho medo do que encontraremos lá. Mas, então, Mari pega na minha mão e a aperta.

— Venha.

Descemos a trilha estreita e eu aterrisso como um fardo aos pés de Mari.

— Conseguimos! — eu grito, mas Mari não está olhando para mim. Seus olhos estão arregalados, direcionados para a encosta atrás de nós. Eu me viro. Não havíamos previsto esse pequeno detalhe.

Lá, descendo hesitante o penhasco do crepúsculo, está Kidlat.

A TRAVESSIA

— Pare! — eu grito, mas ele já está na metade do trajeto, alcançando os seixos perigosos em direção à base do penhasco. Mari empurra a fronha com as frutas para mim e sobe para encontrá-lo. Espero que ela o faça voltar, mas ela o ajuda a descer.

— O que você está fazendo?

— Não temos tempo para levá-lo de volta — diz Mari, recuperando o fôlego. — E não podemos deixá-lo aqui. Ele terá que vir conosco.

Baixo os olhos para o menino calado.

— Está bem — digo com suavidade. Parece que ele está mordendo o dedo em vez de chupá-lo. Estendo a mão e toco delicadamente a dobra de seu bracinho.

Os olhos de Kidlat alternam rápido entre mim e Mari, sua pulsação acelerada. Aproximo-me mais e pouso minha outra mão em suas costas, esfregando-as de leve. Mari senta-se também, e aos poucos, bem devagar, sua respiração se acalma. Ele permite que eu guie sua mão para fora da boca e vejo as marcas de dentes ao redor da base do polegar. Seus olhos se fixam nos meus, e sei que Mari está certa. Temos que ir antes que alguém dê por nossa falta, e seria quase impossível para ele voltar subindo sozinho.

— Ouça, Kidlat. Nós vamos fazer uma viagem. Você vai ter que fazer exatamente o que dissermos, ok?

Ele assente.

— Pelo menos, ele é bem pequeno — observa Mari.

Contenho a vontade de repreendê-lo, embora esteja com raiva por ele ter nos seguido. Quero chegar a Nanay o mais rápido possível.

Kidlat fica sentado na praia enquanto preparamos o *Lihim*, amarrando a vela feita de lençóis e direcionando os remos para seus encaixes. Mari ajuda Kidlat a embarcar e pega um dos remos com a mão boa.

— Está pronta? — pergunto.

Ela assente, sua pele clara corada. Eu empurro o barco para águas mais profundas. Quando o mar está batendo próximo à altura do meu peito, impulsiono com força as pernas e escalo pela lateral do barco, arrastando-me para dentro. Ele balança precariamente, e um pouco de água penetra pela rachadura remendada abaixo da borda, mas logo se endireita.

— Precisamos nos afastar dos penhascos — avisa Mari, apontando para a vela imóvel. — Eles estão impedindo o vento. Teremos que remar.

Mari estende o pulso direito e eu o amarro ao remo para que ela possa usar os dois braços. Sento-me ao lado dela e apanho o outro remo.

— Kidlat, você pode ficar encarregado do balde. Se a água entrar por cima da borda...

— Ou *pela* borda, ou pela parte de baixo...

— *Obrigada*, Mari — eu agradeço com rispidez, antes de voltar a me virar para o menino calado. — Recolha e jogue fora, está bem?

Ele pega o balde enferrujado e começa a enchê-lo e tirar a água. Mari e eu começamos a remar. É difícil desde o primeiro momento e, à medida que o tempo vai passando, rezo em silêncio para que o vento ainda esteja soprando na direção de Culion quando estivermos longe da baía. Mari grunhe com o esforço, a corda pressionando forte contra seu braço a ponto de deixá-lo branco. Depois de alguns longos minutos, o mastro range. Viramo-nos e vemos a vela tremular. Prendo a respiração, e o vento também parece fazer o mesmo. Então, a vela infla. O barco começa a se mover.

Mari levanta o remo, retirando-o da água, e desamarra a corda em seu pulso. Ela joga a madeira no chão e fica de pé num pulo.

— Conseguimos. Estamos partindo! Estamos partindo de verdade! Vamos lá, *Lihim*!

O barco volta a balançar e ela cai de joelhos rindo. Kidlat abre um largo sorriso, agitando os bracinhos no ar. Nós avançamos para o mar aberto.

O mar não está calmo como no dia da nossa primeira travessia. Ou talvez seja esta a impressão porque estamos em um barco tão menor que as ondas parecem maiores. Poucos minutos após partirmos, Kidlat fica pálido e usa o balde para vomitar. Mari o enxágua e se encarrega de esvaziar a água que entra por orifícios que só são perceptíveis por causa das bolhas que brotam deles. Mas não é uma quantidade colossal de água, e eu sei por nossa viagem ao orfanato que também não é uma distância colossal. Mari parece de bom humor e suponho que velejar a esteja fazendo pensar em seu pai.

Rastejo até a proa, abaixando-me sob a vela para poder ver o barco cortar a água. Penso em seus antigos donos, que puxaram a bordo redes cheias de peixes, pintaram-no de vermelho e, por fim, deixaram-no amarrado em uma enseada rasa. Onde foram parar? Talvez eles esperassem que alguém algum dia o achasse e o consertasse. Talvez Mari e eu sempre estivéssemos destinadas a encontrá-lo.

Mas isso significaria que eu sempre estive destinada a vir para o orfanato, o que por sua vez significaria que Nanay sempre esteve destinada a ficar doente, e eu não gosto de pensar nisso. Esse é o problema de acreditar que há uma razão para tudo — você tem que aceitar tanto o bom como o ruim. Nanay me ensinou a palavra para isso: *tadhana*, a força invisível que faz as coisas acontecerem sem que possamos controlá-las. Como terremotos ou naufrágios. Ou apaixonar-se.

Mari vem se juntar a mim na proa do barco. Ela estende uma das laranjas que furtou de Luko.

— Hora do café da manhã.

Eu a descasco e compartilhamos os gomos, cuspindo as sementes sobre as ondas. O vento as carrega para mais longe do que conseguiríamos atirar, e penso nesse mesmo vento empurrando-nos para a frente, a caminho de casa.

— Kidlat está bem?

Mari dá de ombros.

— Acho que sim. Ele está dormindo.

— O que vamos fazer quando chegarmos em Culion? Entregá-lo ou...

— Teremos que levá-lo conosco — diz Mari. — Não há como ter certeza de que ele ficará seguro sem nos entregarmos também. Eles vão nos colocar no primeiro barco de volta.

— Como podemos ter certeza de que estamos indo na direção certa?

— Assim disse Veneta.

— Mas o vento muda, não? E se ele não está mais dizendo para irmos nesta direção. E se nos desviarmos da rota, ou formos parar em outra ilha, ou...

Mari leva a mão à minha boca.

— Ami, confie em mim.

Confiar nela nada tem a ver com o vento ou o mar, mas seus olhos claros e francos fixam-se em mim e me sinto um pouco mais calma. Inclino-me para olhar ao redor da vela. O vento me atinge em cheio no rosto, fazendo meus olhos lacrimejarem.

Kidlat está enrolado com o polegar na boca. Atrás dele, nosso penhasco já é uma mancha, uma linha elevada da altura do meu dedo. No outro horizonte, há apenas o mar, pequenas colinas ondulando sem interrupção. A água não é mais azul-claro — de perto, é um céu noturno, um azul-marinho opaco. Penso em todas as coisas abaixo de nós, os peixes, os corais e os tubarões. *Confie em mim.* O mastro geme e range quando o vento sopra em nossa vela.

Mari está sentada de lado com os joelhos dobrados contra o peito para que se encaixe no casco estreito. Deslizo para o lado dela.

— Você ainda está preocupada — ela nota. — Seu rosto está todo enrugado.

— Como você consegue *não* estar preocupada?

— É uma aventura. É emocionante. — Seus olhos brilham. — Eu nunca vivi uma.

— Mas e se a monção chegar mais cedo? E se as nuvens se acumularem e...

— E se o mar se abrir e nos engolir! E se um navio enorme passar e partir nosso barco ao meio! E se cairmos no mar e nos esquecermos de como se nada!

— Exatamente. Suponho que possamos rezar?

Mari torce o nariz.

— Você não acredita nessa coisa toda, né?

— Que coisa toda?

— Rezar. Deus. — Ela diz isso como Nanay.

— Não sei.

Ela balança a cabeça, exasperada.

— Ami, se você sempre se preocupar com o pior que poderia acontecer, você nunca vai *fazer* nada. Nós ainda estaríamos naquele orfanato ou em um navio para outro lugar, e provavelmente não para o mesmo lugar. Mas nós estamos aqui, indo ver sua *nanay*. Estamos *fazendo* isso. Nós já partimos. Então, pare de se preocupar. É tarde demais. E, se alguma dessas coisas acontecer, vamos lidar com elas, certo?

— Certo.

— Conte-me sobre ela. — A voz de Mari voltou a adquirir seu tom habitual. — Sobre sua *nanay*.

Passei semanas evitando fazer isso. Não permitindo que minha mente se voltasse totalmente para ela. Mas agora eu reúno tudo que sei e ponho para fora, o conteúdo todo bagunçado e fora de ordem. Conto-lhe sobre a casa das borboletas, sobre capturar estrelas cadentes e nossas histórias. Sobre Nanay enfrentando o senhor Zamora sem o lenço, e Mari assobia baixinho.

— Ela parece sensacional. Parece corajosa.

— Ela não é exatamente corajosa — esclareço. — É mais porque ela não se importa com o que as outras pessoas pensam. Ela não se importava se o senhor Zamora achasse que ela tinha uma aparência estranha.

— Mas isso é coragem — diz Mari. Seu tom é brando.

— Se os meus pais tivessem parado de se preocupar com o que as outras pessoas pensavam, eu ainda estaria com eles.

— O que quer dizer?

— Quero dizer que sua *nanay* é corajosa — diz Mari, ignorando minha pergunta como fez com todas as outras.

— Conte-me uma de suas histórias.

Mas meus olhos se detiveram em algo além da cabeça de Mari. As pequenas colinas de ondas para além das ondas estão ficando mais altas. Ficando cada vez mais altas, e não diminuindo.

— Veja!

E Mari volta seus olhos claros para as colinas de Culion.

Acordamos Kidlat e compartilhamos outra laranja. O sol está a pino, e mal consigo acreditar que levou apenas metade de um dia para avistarmos nosso lar. Brincamos de adivinhar quantas horas vai demorar para chegarmos à costa, Kidlat enumerando com seus dedos rechonchudos, mudando de ideia a cada minuto.

Mari e eu estamos rindo tanto dele levantando um dedo que demoramos um tempo para perceber que na verdade ele está apontando. Tarde demais, vejo a saliência de coral, erguendo-se como presas quando as ondas se afastam. Mari apanha um remo e consegue nos empurrar para longe, mas a vela está nos levando rápido na direção de outra. Olho para baixo e vejo que a água está brilhando de coral, vermelho e rosa, a espuma branca da água formando-se sobre ele. O recife.

— Me ajuda! — Kidlat se apressa para ajudar Mari a estabilizar seu remo. Pego o outro e me junto a eles para nos afastar da parte rasa, mas o vento está se esforçando para nos puxar de volta.

— A vela — grita Mari. — Temos que recolhê-la.

Meus dedos arranham os nós que prendem os lençóis ao mastro. O barco sacode e eu caio de joelhos, sentindo o raspar da parte de baixo da embarcação no coral em vez de ouvi-lo. A mão direita de Mari dificulta-lhe agarrar o remo e, embora os bracinhos de Kidlat tremam com o esforço, eles não são capazes de nos afastar. A pá do remo fica presa e Mari tenta pegá-lo, quase indo ao mar. O remo cai na água e eu o agarro de volta, os nós dos meus dedos resvalando em uma impiedosa franja de coral alaranjada. A pá está arrebentada e eu golpeio a vela, rasgando um lençol após o outro até que, finalmente, o vento passa por ela e nós reduzimos a velocidade, o barco ainda balançando, mas sem sofrer arranhões.

Mari está segurando o pulso direito e posso ver que a pele está rosada e com aspecto dolorido. Kidlat está de joelhos, ofegante, e sinto uma onda repentina de raiva. Meu coração martela no peito enquanto largo o remo quebrado. Kidlat se encolhe na direção de Mari.

— Ami, o que... — Mari começa a dizer.

— Você... você quebrou o remo.

— Eu não consegui desprendê-lo a tempo. Temos um sobressalente.

— Você quebrou o remo e agora não temos mais vela!

— Meu grito choca a mim mesma tanto quanto a ela. Não consigo me lembrar da última vez que minha voz arranhou assim a minha garganta, a última vez que minhas mãos se fecharam em punhos. A última vez que quis machucar alguém. — Sua idiota, idiota... — Avanço para Kidlat. — E quanto a você? Será que não poderia simplesmente ter gritado? Não poderia ter nos avisado? Você não é mais um bebê, use sua maldita boca!

— Ami! — Mari se levanta, protegendo Kidlat atrás de si. — Pare com isso!

— Você disse para confiar em você e veja no que deu. Veja! Nós nunca vamos chegar lá...

— Ninguém teve culpa...

— Você é uma inútil, vocês dois são. Inúteis. Olhe só para vocês...

Mari me empurra com força. Eu caio para trás, batendo minha mão machucada. O choque agudo da dor desvia todo meu ímpeto, expulsando a raiva e reduzindo-a a uma profunda vergonha.

— Mari, eu...

— *Jamais* fale desse jeito comigo de novo. — Mari desce seu rosto na altura do meu. Há manchas vermelhas quentes em suas bochechas pálidas, e o sol forte do meio-dia brilha com intensidade em seus cabelos, transformando-os em um halo. Ela parece um anjo terrível. — *Jamais*.

— Sinto muito. — Lágrimas queimam as minhas bochechas. — Não sei por quê...

Mari me puxa para ela e, por um instante, acho que vai me bater, mas em vez disso ela me abraça com ainda mais força do que quando me empurrou. Pouco tempo depois, Kidlat se aproxima, arrastando-se, e nós três nos sentamos aninhados uns nos outros até que sinto a água começar a se infiltrar e subir pelas minhas pernas.

— É melhor tirarmos a água — diz Mari, e apanha o balde. Kidlat estende as mãos para pegá-lo, mas Mari balança a cabeça. — Acho que Ami deveria fazer isso, como forma de pedir desculpas.

Mari e Kidlat recolhem o que restou da vela e terminam meus rasgos para que os lençóis fiquem cortados ao meio. Eles se põem a unir as camadas, amarrando-as, enquanto eu tiro a água que está na altura da panturrilha. Fico feliz com a tarefa. As palavras que proferi parecem ter deixado arranhões na minha língua. Sinto-a inchada e venenosa, e meu estômago se revira com pontos de raiva arrefecendo, como cacos de vidro. Eu falei como falaria o senhor Zamora, ou como San o fez naquele primeiro dia. Descarto a água mais rápido, e isso faz com que meus braços doam e eu fique meio tonta de tanto girar a cabeça. Nunca mais vou falar desse jeito.

Remamos sobre o restante do recife, com Kidlat na frente apontando o caminho mais seguro. O coral abriu alguns buracos no fundo do barco, mas escapamos do pior. Minhas palavras causaram o prejuízo maior. Embora Mari esteja tentando não parecer zangada comigo, posso sentir uma distância fria entre nós enquanto navegamos de novo para o mar aberto.

Quando já estamos distantes, ajudo Kidlat a amarrar a vela menor ao mastro e ela tremula debilmente. Voltamos a nos mover, muito mais devagar do que antes, mas as colinas denteadas de Culion estão mais próximas do que nunca. Coron está fora de vista além do horizonte atrás de nós. Pego os remos e ajudo a vela a nos guiar em direção à costa.

— Você não tem que fazer isso, Ami — diz Mari. — Você deveria descansar.

Mas eu preciso fazer. Ainda não terminei de me desculpar.

A FLORESTA

De alguma forma, é sempre crepúsculo *quando você se aproxima.* Era isso o que Nanay costumava me dizer, e agora a noite está caindo quando eu avisto as luzes, enfileiradas contra a floresta como as contas de um rosário. Como um colar. O porto dos identificados como *São*, brilhando adiante, à direita. Meus braços tremem, mas minha cabeça é tomada por uma estranha leveza.

Tive de remar desde que as colinas começaram a se elevar e diminuíram o vento até que a vela se desinflou por completo. Mari e Kidlat estão enrolados dormindo e estou feliz que os olhos de Mari estejam fechados, pois assim não dá mais para eu ver a mágoa neles. Há um barco ancorado no porto, mas não parece haver ninguém por perto.

A maré parece estar nos carregando, e eu conduzo o barco da melhor maneira que consigo em direção a uma pequena enseada à esquerda do porto. O colar vai piscando até apagar e sumir de vista quando o barulho do barco raspando nas pedras sobressalta Mari e Kidlat, despertando-os. Mari olha em volta. Para além da praia rochosa, a floresta se move sombria.

— Ami, você conseguiu. — Mari olha para mim e sorri. O nó em meu peito se desfaz.

Pegamos nossas fronhas e pulamos para o raso, espirrando água. Não é tão raso para Kidlat e ele se agarra às pernas de Mari até alcançarmos a praia. O solo sólido parece traiçoeiro sob meus pés, solto como se fosse o próprio mar. Sentamo-nos por um instante para nos firmar. Minha boca está seca e o gomo de laranja que Mari me oferece canta na minha língua. Observo a figura estreita de nosso barco balançando contra as rochas. A maré irá levá-lo, a menos que ele afunde sem ninguém para tirar a água. Talvez outra pessoa o encontre e o conserte todo mais uma vez.

— Adeus, *Lihim* — murmuro.

— É melhor irmos — diz Mari.

Caminhar no escuro deveria parecer uma aventura, mas tudo que consigo pensar é em como é extensa a floresta e quão diminutos somos dentro dela. As chuvas chegarão em breve, as nuvens estão ficando carregadas e se espalhando, limpando o ar. Por enquanto, o céu noturno parece pesado acima de nós, nossa respiração dificultosa.

Atravessamos a estrada que trouxe a mim e Kidlat ao porto e nos mantemos nas sombras de modo que possamos subir a colina caso ouçamos alguém se aproximando. Deve ser bem fácil acompanhar a estrada de uma distância segura. A estrada que conduz até a Cidade de Culion. As colinas cobertas de vegetação erguem-se acima de nós, sussurrantes e vigilantes. O chão é firme e coberto de galhos, tornando impossível distinguir uma cobra nas sombras. Rosita costumava dizer para deixar as coisas como estão, e as coisas que importam cuidarão de si mesmas. Parece uma coisa boba de se pensar e não tenho certeza se acredito nela, mas é rude pensar mal dos mortos, por isso, decido parar de me preocupar com o que é cobra e o que é sombra.

Mari e eu permanecemos em silêncio até chegarmos ao rio. Kidlat também está quieto, mas esse é o jeito dele de sempre. Lembro-me do rio cruzando a estrada perto do fim do nosso trajeto de carroça e sinto um aperto no estômago. Estamos nos deslocando muito mais devagar do que eu tinha imaginado. Um dia em vez de algumas horas para a travessia, e quantas horas mais para chegar até aqui? Neste trecho, as árvores estão mais recuadas, então, a lua brilha forte e prateada. Desamarro a bacia das costas e a uso para coletar água para bebermos. O sabor do alho e do camarão ainda não a abandonou por completo. A floresta está imóvel à nossa volta, mas não quieta. Podemos ouvir sapos, o suave borbulhar de peixes na água, o ruído dos insetos se comunicando uns com os outros.

— Devíamos ter trazido uma rede — digo. — Ou um pouco de linha.

— Eu tenho algo melhor. Meu truque especial. Vou mostrar para você que não sou inútil. — Mari ergue a mão defeituosa e mexe as sobrancelhas, então, posso ver que está brincando, o que não impede que eu sinta uma enorme onda de vergonha. — Pegue aquilo. — Ela aponta para uma pedra achatada próxima. — Segure-a no alto. E fique preparada.

Eu não pergunto para quê. Ela se deita de barriga para baixo perto da margem baixa e deixa a mão balançar ao sabor da corrente. Kidlat se inclina para observar também. Durante um bom tempo, nada acontece, mas eu não interrompo. Seu olhar está compenetrado. Então, algo brilha próximo aos seus dedos. Começa a mordiscar sua pele. Prendo a respiração, mas Mari não vacila.

Mais peixes pequenos aparecem e se juntam, mas é só quando uma tilápia verde-prateada maior se aproxima e começa a afastá-los que Mari mergulha rápido a outra mão por baixo do peixe, espalmando-o para fora da água, na direção da margem. Ele vai parar a cerca de dois metros de mim, debatendo-se e lutando para respirar.

— Acerta ele, Ami!

Preparo-me para executar a tarefa, mas eu nunca matei desse jeito um animal. Só peguei carne já empacotada em papel pardo com a Rosita ou joguei caranguejos no óleo fervente e não precisei olhar.

— Ami!

O peixe continua se debatendo e está cada vez mais perto da água, seu pânico projetando-o em grandes arcos em volta dos meus tornozelos. Mari se levanta para tirar a pedra de mim. Retenho-a em minha mão um pouco mais do que deveria, esperando que o peixe consiga retornar à água...

Mari solta a pedra e revira os olhos para mim enquanto a chuta para longe do peixe.

— Por pouco não o perdemos.

A parte de baixo da pedra está com uma mancha escura e não quero olhar para o peixe, mas posso vê-lo pelo canto do olho, estremecendo debilmente na mão de Mari. Ela o segurou pela cauda, bateu contra a pedra e o espasmo parou. Sinto como se estivesse prestes a chorar. Kidlat já está fungando.

— Você tinha que fazer isso? — digo, e minha voz está mais irritada do que eu gostaria que estivesse.

— O quê?

— Bater nele de novo!

Mari enfia o dedo sob a guelra e inclina a cabeça para mim como um pássaro curioso.

— Ele estava morrendo. Estava com dor. Eu pretendia matá-lo com a pedra de primeira. É menos cruel dessa forma.

Eu fungo. Algo está pingando do peixe, produzindo um ruído surdo de respingos na pedra.

Mari estende o peixe para mim, como se estivesse se desculpando.

— Não consigo preparar isso sozinha, Ami. Pode me ajudar?

Seu rosto exprime tanta preocupação e ternura que me sinto envergonhada. Eu assinto com determinação.

— Sim, claro. Desculpe-me, eu não sei...

— Não, eu é que tenho que me desculpar. Achei que você já tivesse visto isso antes. É... é só comida, Ami. É porque precisamos de comida.

— Eu sei disso — digo, corando.

— Vai sangrar ainda mais, quando o estriparmos.

— O problema não é o sangue — eu esclareço. E não é mesmo. É a morte.

Ela sorri de maneira hesitante, então, ajoelha-se e começa a enxaguar o peixe na água que corre veloz. Quando o entrega para mim, ele parece tão limpo como quando pulou vivo do rio. Parece o peixe que Nanay costumava comprar de Bondoc, que eu a ajudei a preparar centenas de vezes. Sinto a garganta um pouco menos seca. Lavo a mancha escura na pedra e pego o corpo frio e rijo com as duas mãos. Deposito-o em uma superfície plana enquanto Kidlat e Mari esquadrinham as pedras na margem, procurando por uma que não tenha sido alisada pela água.

Kidlat me entrega uma pedra oblonga afiada e, segurando o peixe pela cauda com firmeza, corro o gume por sua lateral. As escamas se soltam como pequenos espelhos,

211

salpicando a pedra e fazendo meus dedos brilharem. Corto as barbatanas e as coloco de lado. Então, enganchando meu dedo por uma guelra, parto a barriga ao meio, deslizando o instrumento afiado para baixo a fim de que ela se abra e eu possa puxar as tripas. Mari desvia o olhar nesta parte, e fico surpresa, considerando que foi tão decidida com a pedra.

A pedra não é afiada o suficiente para cortar com perfeição a tilápia em filés, então, depois de eu ter enxaguado o interior carnudo, revezamo-nos para retirar a carne dos ossos com os dedos. Está bem fresco para ser comido cru, embora não tenha um gosto muito bom. Tento não deixar minha mente vagar para a refeição na praia com Nanay, ou mesmo o ensopado com arroz de Luko.

Quando engulo meu último pedaço, Mari me cutuca. Kidlat está enrolado no chão, mergulhado no sono.

— Devíamos acordá-lo — observo.

— Não podíamos deixá-lo dormir um pouco? Estou muito cansada para carregá-lo.

Baixo os olhos para o corpinho da criança e suspiro. Cada momento que desperdiçamos dormindo é mais tempo até chegarmos a Nanay. Mas não suporto a ideia de acordar Kidlat. Olho ao longo do rio para onde ele desaparece no matagal e me pergunto se devo sugerir que eu prossiga sozinha. Mas, de repente, a escuridão torna-se assustadora.

— Umas duas horas não farão mal — respondo, e de súbito minhas pernas começam a doer como se acabassem de perceber o quanto caminharam. Mari assente e se enrosca também, suas costas contra as de Kidlat. Eu me deito do outro lado dele, de frente para o rio. A água sussurra sobre as rochas; os insetos zumbem.

OS CAVALOS

Mari está parada diante de mim, mas há algo errado. Seus cabelos estão brilhando muito, seus olhos estão grandes demais.

Mari, eu chamo, mas minha voz sai em bolhas pelo ar. Ela estende os braços para mim.

Ami, você pode me ajudar?

Dois peixes flácidos estão crescendo em seus pulsos, com olhos fixos e mortos sob a luz do luar. Eu recuo enquanto ela avança. De repente, ela desaparece e ali está Nanay, a água na altura da cintura, a correnteza rápida. Sua boca abre e fecha fora de sincronia com suas palavras.

Ami, você pode me ajudar?

Eu não consigo chegar até ela a tempo. O rio está subindo e, quando estendo o braço, tudo que alcanço é água, e estou chamando por ela...

Ami, consegue me ouvir?

A voz de Mari está de volta e Nanay está sumindo devagar, transformando-se em luz.

— Ami, consegue me ouvir? Estou começando a voltar a sentir meu corpo, retornando para mim devagar como se estivesse saindo da lama. Nanay se foi.

— Ami, acorde!

Abro os olhos e Mari está ali, ali de verdade, sob a luz pálida e incerta da manhã, cutucando-me. Minha mão está imersa na água à mercê da correnteza do rio, entorpecida pelo frio. Eu a tiro fora e me sento, balançando a cabeça para livrá-la das imagens.

— Você estava tendo um pesadelo — ela esclarece. Kidlat está agarrado à túnica dela, com olhos assustados.

— Está tudo bem. Eu estava dormindo — digo, mais para mim mesma do que para ele. — Foi apenas um sonho.

Mas parecia real, como só acontece com os sonhos horríveis, embora eu possa ver com meus próprios olhos que Nanay não está ali e Mari tem uma mão que se parece com a minha e a outra que não se parece em nada com peixes.

— Temos que ir — diz ela, oferecendo-me um pedaço de jaca. O sabor doce atinge minhas narinas e revira meu estômago, mas minha boca está extremamente seca. Aceito o pedaço e o como enquanto Mari põe no bolso a pedra afiada usada para abrir o peixe e me traz a bacia para que eu volte a amarrá-la nas costas. Ao fazer isso, a visão de Nanay com água até a cintura retorna e não me larga, e

215

isso deve estar evidente em meu rosto porque Mari puxa Kidlat atrás de si em resposta sem dizer uma palavra.

O calor aumenta a cada minuto, o ar carregado daquele jeito que significa que as chuvas estão um dia mais próximas. O cinza do céu é harmonioso contra as copas das árvores acima de nós, a luz do sol amortecida no topo das nuvens que se formaram durante a noite. Concentro-me no rio, na forma como ele flui da Cidade de Culion e em como cada passo rio acima é um passo mais perto de Nanay. Esforço-me muito para não pensar nela com dor, no hospital, cercada por estranhos dos Lugares Lá Fora.

— Ami, vamos um pouco mais devagar?

Eu me viro e vejo Mari e Kidlat bem atrás. Achei que tivesse caminhado apenas um curto trecho, mas não consigo mais ver a clareira onde dormimos, somente cada vez mais galhos e troncos e os raios de sol infiltrando-se como dedos pela sombra. Eu paro e respiro fundo algumas vezes enquanto os dois me alcançam.

Sinto o corpo tenso e minhas mãos estão tremendo. Cerro-as em punhos para que Mari não veja, mas é claro que ela percebe. Gostei de sua postura vigilante quando a conheci, mas neste momento parece bisbilhotice de sua parte. Kidlat parece ter decidido que ela é sua nova melhor amiga, e algo beirando a raiva brota dentro de mim. Quando chegamos em Coron, foi a minha mão que ele buscou. Agora, Mari o está protegendo discretamente, como se eu fosse uma serpente. Ela mal o conhece. E, para começo de conversa, por que foi que ele nos seguiu? Poderíamos estar nos deslocando muito mais rápido sem ele.

Aperto os dentes com força para impedir que qualquer um dos pensamentos escape, mas Mari está me encarando com seus olhos claros como se pudesse enxergar dentro da minha cabeça. Eu me afasto sem dizer nada e sigo ao longo do rio, diminuindo o ritmo e sentindo-me cada vez mais irritada a cada passo. Eu queria estar sozinha, gostaria de poder correr na frente sem ter que me preocupar com uma criança de cinco anos tentando me acompanhar...

Pare, digo a mim mesma, resoluta. Não é culpa deles. Ninguém é culpado a não ser o senhor Zamora, que me levou embora, e o governo que o enviou, e, mais do que qualquer um deles, é o que está no sangue da minha *nanay*, em sua pele, consumindo-a pedaço por pedaço.

Eu reduzo um pouco mais o ritmo e passo a caminhar ao lado de Mari. Kidlat está segurando a mão dela do outro lado, mas ela engancha seu braço no meu e o aperta.

— Vai ficar tudo bem, Ami — assegura-me ela de maneira fervorosa. — Nós chegaremos em tempo hábil. Não seremos pegos. Vamos conseguir voltar.

Ela para por aí, porque não pode prometer como Nanay estará quando chegarmos. Eu retribuo o aperto reconfortante com a dobra do meu cotovelo.

Só paramos quando o estômago de Kidlat começa a roncar tão forte a ponto de podermos ouvi-lo mais alto do que o rio e nossos passos. Mari encontra mais jacas e devoramos uma cada, a polpa escorrendo pelos nossos queixos. As moscas começam a pairar em nossos rostos, então, nós os lavamos no rio. A água está fria e limpa e penso por um breve instante como é uma pena eu estar conhecendo melhor essa floresta somente agora, quando tudo que mais quero é estar fora dela, de volta em casa.

Kidlat ainda não disse uma palavra, mas aparenta estar mais calmo. Ele parece saber que é importante seguirmos em frente, pois acompanha o nosso ritmo. Mas, conforme as horas passam e o sol fica a pino, ele diminui a velocidade e, no meio da tarde, estamos dando um passo para cada três dele. Seu lábio inferior começa a tremer e paramos.

— Eu poderia carregá-lo — sugere Mari, olhando para meu rosto ansioso, mas eu nego com a cabeça. A necessidade de voltar para Nanay é minha, e sou eu a culpada por estarmos indo tão rápido. Eu desamarro a bacia das costas e volto a amarrá-la em Mari, então, agacho-me para ele subir nas minhas costas. Ele envolve seus braços em torno dos meus ombros enquanto Mari começa a cantar em uma voz branda e clara uma canção que eu nunca tinha ouvido antes. A melodia é suave, mas, com um tom melancólico, e eu não compreendo as palavras.

— Que língua é essa?

— Espanhol. Meus pais costumavam cantar isso para mim. — Ela sorri com tristeza. — Essa é uma das razões pelas quais acho que eles me amavam. Você não canta para alguém que não ama, não é?

Balanço a cabeça.

— E eles ensinaram a você sobre pesca e barcos. Tenho certeza de que seus pais a amavam. Tenho certeza de que apenas a entregaram porque não tiveram escolha. — Assim como Nanay teve de me deixar ir embora.

— Espero que sim. — Mari desvia o olhar.

— E eles lhe deixaram uma canção adorável. O que diz a letra?

Ela sorri para mim.

— Se você não sabe o que diz a letra, como sabe que é adorável? Eu poderia estar cantando "Eu te odeio e você não presta" até onde você sabe.

— É isso que diz a letra?

Ela ri e balança a cabeça, então volta a cantar, desta vez em tagalo.

Arranje-me um barco e flutuaremos até o mar,
Venha, minha pequena, venha, podemos ser tanto.
O mundo é tão grande e há muito para olhar,
Venha, minha pequena, e flutuaremos, eu garanto.

Junto-me depois da segunda vez e nós caminhamos no ritmo, Kidlat zumbia desafinado perto do meu ouvido, acompanhando a melodia. Nós cantamos cada vez mais rápido, nossos passos acelerando até que estamos quase correndo e tenho que parar e colocar Kidlat no chão porque estou rindo tanto que não consigo respirar.

No momento seguinte, Mari está pressionando a mão contra a minha boca. Engasgo com a respiração e começo a tossir, mas ela me cala com urgência pressionando a mão com mais força. Contenho a tosse e escuto. Cavalos. Há cavalos por perto e homens conversando. Posso ouvir o som grave de suas vozes e cascos raspando a estrada. Nós nos abaixamos bem rentes ao chão, tentando não fazer muito barulho, quando três pares de cascos surgem por entre os troncos à nossa esquerda. Não sei como fizemos uma curva e nos aproximamos tanto da estrada sem nos darmos conta. Eles estão longe o suficiente para impedir que eu entre em pânico, mas ainda assim meu coração bate descontrolado como se estivesse tentando se enterrar no solo.

— Nós já os teríamos visto a esta altura, não acha? — diz uma voz masculina que eu reconheço. Minha pele formiga. Bondoc. — É melhor voltarmos, senhor Zamora.

Kidlat solta um leve suspiro e eu o puxo para mais perto, assustada demais para tentar dar uma espiada em Bondoc.

— Talvez devêssemos — diz outra voz familiar. O doutor Tomas soa cansado. — Nós não encontramos nenhum vestígio.

— Eles estão aqui em algum lugar! — A voz do senhor Zamora está furiosa. — Eu os vi partindo de barco...

— Como as crianças conseguiriam velejar uma distância tão grande? —retruca Bondoc, impaciente. — Se isso é uma forma de encobrir algo que você fez...

— Eu não fiz nada. Você acha que eu retornaria para esta ilha repugnante se eu soubesse onde...

Sobrevém um som de luta.

— Me solte! — diz o senhor Zamora.

— Bondoc... — o doutor Tomas o adverte. Instala-se um silêncio.

— O que devo dizer para Tala? — diz, por fim, Bondoc, sua voz embargada.

Mari agarra minha mão com força. Dizer. Ele usou a palavra "dizer". Isso significa que ela ainda está viva. A emoção fica presa na minha garganta. Quero rir e chorar ao mesmo tempo.

— Aquela leprosa? — O tom de voz do senhor Zamora é provocador e eu ouço outra comoção.

— Bondoc, não! — repreende o doutor Tomas. — Senhor Zamora, por favor, evite dizer tais...

— Nós estamos perdendo tempo — interrompe Bondoc. — Ele deve estar mentindo.

— Não estou. Devemos continuar insistindo.

Eu pressiono a bochecha no chão para que possa enxergar até sua cintura. Os punhos de Bondoc estão se fechando e se abrindo. O doutor Tomas está parado entre ele e as pernas finas do senhor Zamora.

Bondoc resmunga.

— Certo. Deixe-me pegar um pouco de água primeiro.

Ao meu lado, sinto Mari deslizar para trás e Kidlat se vira e rasteja rápido para longe. Sou mais lenta, ainda atordoada com a menção a Nanay.

— Ami! — sibila Mari, puxando meu pé. Volto à realidade e me movo para juntar-me a eles atrás das árvores, mas já é tarde.

Bondoc está boquiaberto. Então, ele aperta os lábios com força e vejo lágrimas brotarem em seus olhos.

— Ande logo com isso, Bondoc!

Nós dois nos sobressaltamos, e ele grita:

— Estou indo! — Sua voz falha ligeiramente.

Ele se agacha e espirra a água, fazendo parecer como se a estivesse bebendo, enquanto murmura:

— Ami, graças a Deus. Você está bem?

Concordo com a cabeça.

— Os outros dois estão com você?

Assinto outra vez.

— Menina linda e brilhante. — Ele está tremendo. Estende a mão sobre a água e nós roçamos as pontas dos dedos. — Você ouviu? Estou com aquele homem horrível. Não posso dizer que vi vocês. Vocês estão todos seguros?

Mais dois acenos, meus olhos arregalados.

— Continuem assim. Vou dizer a ela que você está vindo. Vocês não estão muito longe. — Ele enxágua o rosto para disfarçar as lágrimas, então, toma um gole de água verdadeiro, sua mão em concha. Respirando fundo, ele endireita a coluna e caminha rígido de volta na direção dos outros. Pisco desconcertada atrás dele. Pouco antes de chegar à estrada, ele dá dois passos para trás. Sua mão se eleva em um arco rápido e lança alguma coisa.

Uma cartela de fósforos da taberna pousa aos meus pés. Quando eu a apanho, ele já está subindo na sela. Vejo pés golpeando os cavalos para que voltem a andar e eles retornam por onde vieram. Mari corre para mim, saindo de seu abrigo atrás da árvore.

— Ami! — Sua voz soa frenética. — O que aconteceu? O que ele disse?

Eu levanto a cartela de fósforos, muda, e ela me encara. Kidlat chega e se ajoelha ao nosso lado, o polegar de volta à boca. Pigarreio e respondo às perguntas de Mari.

Ela bufa.

— Você tem uma sorte do diabo, Ami.

Eu sorrio, o choque diminuindo, deixando uma onda de excitação borbulhando no meu estômago.

— Eu achei que você não acreditava no diabo.

Ela também sorri.

— Eu não acredito em coisas que não posso ver, Ami. E eu conheci o senhor Zamora assim como você.

Eu rio roncando pelo nariz e a puxo para que fique em pé. Faço menção de carregar Kidlat, mas ele balança a cabeça e começa a andar. Mari ergue as sobrancelhas e engancha seu braço no meu.

— Depois de você, senhor. — Ela faz uma reverência, arrastando-me com ela. O menino dá risadinhas. Um peso saiu de meus ombros. Ver Bondoc, sua cartela de fósforos de presente e ouvi-lo sussurrar *vocês não estão muito longe* são como pontos de calor na minha pele, guiando meus passos, inundando-me com esperança. Não conversamos sobre Nanay ou os pais de Mari ou qualquer coisa triste. Kidlat e Mari parecem estar de melhor humor também, tanto que quando a lua surge Mari sugere que caminhemos durante a noite.

Por mim, continuaríamos mesmo, mas posso ver que Kidlat está exausto e não acho que consigo carregá-lo depois de caminhar tanto. Paramos e atribuímos a Kidlat a tarefa de coletar um pouco de lenha para montarmos uma fogueira enquanto Mari e eu apanhamos e estripamos outro peixe. Eu mesmo consigo soltar a pedra desta vez, embora tenha que fechar os olhos.

Acendo a pequena pilha de galhos com um dos fósforos de Bondoc. Kidlat quer tentar acender um fósforo, então, deixo-o pegar dois, mas ambos se partem e caem um no fogo outro no rio. Observamos as chamas aumentarem e depois diminuírem a um calor avermelhado e brilhante. Beliscamos o peixe com nossas cabeças distraídas, então, no momento em que o fogo está quente o bastante para assá-lo, já o consumimos cru mesmo. Kidlat está sonolento, por isso, eu o afasto das chamas e Mari enxágua a bacia no rio.

Há um zumbido fraco nas proximidades e o brilho do fogo destaca um cone pálido pendurado em uma árvore do outro lado do rio. Engulo em seco. Vespas sempre me assustaram, desde que Nanay pôs fumaça num ninho em nossa parede quando eu era pequena. Ele ficava atrás da minha cama e à noite eu podia ouvi-las zumbindo. Achei que estava imaginando coisas até que Nanay foi picada batendo a vassoura do lado de fora da parede. Todas elas surgiram em uma corrente e Nanay teve sorte de ser picada só mais duas vezes, uma no pulso e de novo no pescoço. Ela encheu a parede de fumaça e logo havia centenas de cadáveres atrás da minha cama. Estão decompostos a essa altura, provavelmente, e todos os túneis do ninho, vazios.

— Você está bem, Ami? — pergunta Mari e eu percebo que estava distraída.

— Mais ou menos — respondo, depois de um instante de silêncio.

— É o suficiente — diz ela, e se enrosca ao lado de Kidlat. Deito-me do outro lado dele e ela estende o braço sobre o menino adormecido para apertar minha mão. Eu retribuo o gesto e ela deixa descansá-la na minha por um longo tempo antes de se virar e sussurrar: — Boa noite.

Penso no *Lihim*, abandonado na praia, a maré reivindicando nosso segredo e enterrando-o na areia. O sono chega revolto como ondas.

O POMAR

O ar está tão quente que já estou suando quando meu corpo me desperta. Parece que estou respirando através de vapor. O céu tem o mesmo tom cinzento e homogêneo do dia anterior, e ainda não há sinal do sol.

As chuvas estão se aproximando. Espero que alcancemos a Cidade de Culion antes que cheguem, mas nunca se sabe. Às vezes, elas vêm em dias azulados, as nuvens varrendo como uma maré e despencando em uma grande torrente de água que encharca o solo tão rápido que nossas casas inundam antes que possamos construir barragens, ou colocar areia ou juncos. Outras vezes, preenchem o céu com nuvens tão densas e carregadas que você acha que o aguaceiro vai desabar como um cobertor, mas em vez disso a chuva cai aos poucos, como se pudesse mudar de ideia a qualquer momento e ser tragada de volta para o céu.

Como não há jacas para o café da manhã, então, Mari distribui as últimas laranjas de Luko.

— Eu nunca mais quero comer laranja de novo — digo, colocando a minha no bolso. Mari sorri e mastiga ruidosamente a dela. Sua obsessão por laranjas é um pouco preocupante.

Ela faz uma tímida tentativa de atrair outro peixe, mas eles estão todos empanturrados após se alimentarem à noite e cautelosos à luz da manhã. Enchemos nossas barrigas de água e começamos a caminhar. As árvores estão se aproximando da margem, então, ziguezagueamos entre elas, Kidlat tentando pular e rindo divertido quando tropeça. É bom vê-lo sem medo.

Meu estômago começa a reclamar após algumas horas e, passada outra hora, Kidlat puxa a mão de Mari, gesticulando para comer. Embora examinemos as árvores em busca de frutos e o solo em busca de raízes, tudo o que consigo ver é um matagal de acácias espinhosas que se prendem a nossas túnicas e braços. Tomamos cuidado para não quebrar nenhum galho, entretanto, porque *diwatas* vivem em acácias. São os espíritos guardiões das árvores que prejudicam aqueles que atacam seu lar. Quando Nanay me contou sobre tais espíritos, imaginei lindas mulheres com trinta centímetros de altura, estendidas em galhos e envoltas em seda laranja. Agora, vendo como os espinhos são afiados, tudo em que consigo pensar é que os deuses devem ter uma pele muito grossa.

Um cheiro estranho preenche o ar enquanto caminhamos: doce, enjoativo e ligeiramente podre. Se eu o aspirar muito fundo, minha cabeça começa a girar e meus dentes doem. Não é de todo desagradável, mas Mari cobre o nariz com a túnica. Após uma longa curva do rio, vemos algo que faz que Mari e eu paremos de repente. Kidlat, caminhando agora um pouco atrás, pisa no meu calcanhar, mas mal me dou conta disso.

Diante de nós há uma repentina clareira, o chão coberto por um belo e espesso tapete de verde, preto e dourado. Ele se espalha pelas duas margens do rio, agora mais estreito e fluindo com mais rapidez, o que significa que devemos estar nos aproximando de sua nascente. As tramas captam a luz e brilham ao sol forte. O odor está mais intenso do que nunca e sinto minha cabeça girando, meu corpo lento, um pouco como Bondoc descreveu a sensação de se estar embriagado. Mari estende um braço antes que eu possa dar um passo à frente.

— O que você está fazendo? — ela sibila detrás da túnica.

Olho para baixo, para o tapete, só que não é mais um tapete. Recuo, cambaleando para trás, ofegante. Kidlat tenta sair do caminho, mas eu tropeço nele e desabamos no chão embolados.

Um mar de moscas e vespas eleva-se do solo diante de nós, não mais tramas cintilantes de negros e dourados, mas borrões de asas e olhos bulbosos zumbindo. Os tons de laranja e verde do tapete são das muitas mangas caídas em vários estágios de decomposição, de cheiro pungente e nauseabundo. Os insetos voam pela clareira, perturbados por nossa presença, antes de voltarem a pousar, como uma rede jogada sobre o fruto apodrecido. Percebo a movimentação de ratos. O calor e o cheiro estão me deixando nauseada.

Mari ri da minha cara transtornada.

— Qual é o seu problema?

Sinto meu rosto formigar de vergonha. Não quero lhe confessar o que pensei que fosse. Dou de ombros e rio, minha risada desprovida de humor. Kidlat se contorcera para sair de baixo de mim.

— Eca.

Nós duas nos sobressaltamos e o encaramos.

— O que você disse, Kidlat? — pergunto, hesitante.

— Eca. Moscas, eca.

São as primeiras palavras que ele pronuncia na nossa frente, e Mari solta uma gargalhada.

— Disse bem, Kidlat!

— Então, você consegue falar — exclamo, mas Kidlat apenas dá de ombros como quem diz "é claro que sim". Balanço a cabeça de admiração.

— Uma excelente escolha de primeira palavra. — Mari sorri e aponta para a borda da clareira. — Precisamos dar a volta. Você pode gostar da sensação de frutas podres e moscas sob os pés, mas eu não. — Ela tece o comentário por cima do ombro, já se afastando a passos largos.

Dou a mão para Kidlat e nós a seguimos.

— Esta deve ser a floresta de mangueiras pela qual passamos no caminho para cá — conto-lhe, o pensamento acabando de me ocorrer. É perto de onde o senhor Zamora derrubou as borboletas e onde Datu colheu a fruta podre. Fico me perguntando o que as crianças lá do orfanato acham da nossa fuga. Se é que sequer estão pensando em nós. — Estamos quase em casa.

— Casa — diz Kidlat, sério. — Sua *nanay*.

— Sim. — Meu rosto se abre num sorriso tão largo que acho que pode rasgar a minha boca. Sua voz é clara e meiga. Sinto uma onda de afeto quando ele olha para mim, sorrindo tanto que seu rosto inteiro se estica. Somente Nanay fez eu me sentir assim antes: como estar em casa e em segurança e tudo mais que importa. Um universo, assim como Nanay disse que Ama era para ela.

— E minha *nanay*?

— Sim.

— Ami! Kidlat! — A voz de Mari é alegre. — Vejam! Ela está fora de vista. Abrimos caminho às duras penas em meio a um emaranhado de acácias, plantadas — agora me dou conta — para proteger os frutos de ladrões e invasores como nós. Nós a alcançamos.

— Vejam! — ela repete, e Kidlat corre para as fileiras de árvores à nossa frente, rindo feliz. A clareira era apenas o início do pomar. Este bosque está cheio de pitaia, a fruta-dragão com seus babados rosa e verde vivos amadurecendo sob um dossel verdejante e espinhoso. Kidlat abre uma delas por entre as folhas afiadas e corre de volta para nós.

— Mão — diz ele. Estendemos obedientes as palmas das mãos. Ele rasga a fruta-dragão e vira a casca do avesso para que o interior da fruta caia, a polpa branca pontilhada de sementes. — Pra comer.

— Obrigada, senhor — agradece Mari, efetuando outra reverência. Ele ri e vai buscar mais. A fruta é levemente perfumada, uma mudança bem-vinda em relação às mangas podres, e tem um sabor doce e puro. Depois de comer mais três, minha fome começa a diminuir, reduzindo-se a uma dor leve na boca do estômago.

— Que lugar maravilhoso — diz Mari, recostando-se e espreguiçando-se como um gato querendo ser acariciado na barriga.

— Estamos tão perto, Mari — digo, animada demais para me deitar. — Este bosque, nós passamos por ele no caminho. Uns quilômetros, eu acho. Talvez cinco...

— Deve ter sido abandonado já há algum tempo, a julgar por aquelas mangas.

— Mmm. Você me ouviu?

— É uma pena, esse desperdício todo. E é tão lindo.

— Ela se senta de repente. — Ami — diz ela em voz baixa, suas irises douradas, o olhar fixo em mim. — Posso lhe perguntar uma coisa?

— O quê?

Seu rosto está sorridente, mas há uma incerteza em sua expressão, como se ela estivesse nervosa ou insegura. Mas é claro que Mari nunca fica nervosa e definitivamente jamais fica insegura.

— Após voltarmos para a Cidade de Culion, e depois do que quer que aconteça a seguir, podemos retornar para a floresta? Não para esta floresta, necessariamente — acrescenta ela, acenando ao seu redor. — Mas para algum lugar com árvores, flores, frutas e um rio?

— Por quê?

Ela franze a testa.

— Porque é lindo. E eu gosto de estar aqui... Se não fosse o motivo de estarmos aqui em primeiro lugar.

O pensamento joga uma pedra no meu peito, porque "depois", de alguma forma, parece triste ou assustador. *Depois do que quer que aconteça a seguir.* Eu não gosto da maioria das opções para o que acontece a seguir. Mari volta a se deitar.

— Esquece — diz ela com rispidez, como se tivéssemos discutido. Abro a boca sem saber o que vou dizer quando ouvimos o grito de Kidlat. Mari reage mais rápido, já se levantando e correndo enquanto me ponho de pé, desaparecendo de vista pelo bosque.

Contorno uma fileira de árvores e vejo Mari segurando Kidlat junto de si.

— O que foi? — Ofego. — Não é uma cobra? — Examino o chão ao redor deles.

— Não — diz Mari, e sua voz está estranha, hipnótica. — Ami, olhe para cima.

Inclino o pescoço para trás. Os galhos estão pegando fogo.

É como o incêndio do orfanato: as árvores piscando em dourado, vermelho e marrom, mas não há calor. Pisco de perplexidade, confusa, tentando fazer com que minha mente pare de me enganar, como fez com as frutas podres, tentando ver as coisas como elas são de fato. Algumas das chamas se transformam em flores, mas as outras se deslocam e tremulam como folhas, e levo um longo tempo para discernir nelas formas reconhecíveis. Os galhos não estão cobertos de chamas...

São asas.

Por um breve momento, minha mente pensa em *diwatas*, mas então Mari bate palmas e elas se erguem em uma grande ondulação, não veloz e agressiva como as moscas, mas como pássaros, como se mergulhassem na água.

— Mariposa — diz ela na mesma voz maravilhada.

E agora posso vê-las com clareza pelo que são: os padrões de cores de cada asa; os corpos negros, alguns grandes, outros pequenos; e todos eles se movendo como um sopro pela clareira. Borboletas. Dezenas, talvez centenas delas, pairando no ar como um vento visível e esvoaçante. Pergunto-me se as flores de *gumamela* de Nanay e Ama atraíram tantas delas.

— Eu... — Quero dizer que é lindo, mas a palavra parece boba e frágil na minha boca. Se a beleza tivesse uma cor, possuísse uma forma ou um sabor ou um cheiro, seria a cor, a forma, o cheiro e o sabor deste momento. Seria isto, sem tirar nem pôr.

A mão de Mari desliza na minha e observamos quando as borboletas sobrevoam nossas cabeças, girando em torno das flores e frutas, mergulhando tão baixo que eu poderia estender a mão e roçar suas asas. Algumas se dependuram de galhos como gotas, como óleo ameaçando cair de uma colher. Nos ramos mais baixos, na altura dos olhos, há fileiras intermináveis de crisálidas. Algumas são verdes, outras marrons, mas a maioria é transparente. É possível entrever asas no interior de algumas delas, mas a maioria está vazia, restando apenas seus retorcidos invólucros cilíndricos e translúcidos.

Eu me afasto, largando a mão de Mari. As árvores, percebo agora, são árvores-de-fogo. Suas flores são vermelhas e salpicadas nos galhos, aparecendo através da camada de marrom, amarelo e azul. Já passou a época de florescerem, assim tão perto das chuvas. Uma coisa milagrosa atrás da outra nesta floresta. Um nó sobe na minha garganta. Nanay adora borboletas e foi ela quem me conduziu por esta floresta até este pomar. Quero ficar ali para sempre, e estou começando a sentir que de fato faremos isso quando Mari rompe o silêncio sussurrante.

— Vamos lá — diz ela, saindo de seu devaneio. — Estamos tão perto. Não devemos parar agora.

Concordo com a cabeça. As borboletas levantaram com o som de sua voz e estão rodopiando novamente. Elas se erguem do redemoinho do ar como folhas derramando água, asas brilhando.

Nós nos afastamos devagar, minha tristeza aumentando a cada passo. Mas, quando começamos a caminhar por entre as árvores, há mais, dependurando-se das frutas e umas das outras, e alçando voo à medida que passamos, até que um bando delas está batendo as asas sobre nossas cabeças. Qualquer outra coisa nessa quantidade seria assustadora, mas estou constatando que é impossível ter medo de borboletas.

Voltamos a acompanhar o rio do outro lado da clareira de mangas podres, e mais uma vez a estrada fica visível da margem. Estamos tão perto agora! Com nossa escolta alada acima de nós, à nossa volta, prosseguimos pela floresta de borboletas. Antes que eu me dê conta de que o tempo está passando ou a distância diminuindo, encontramo-nos em frente à pequena escarpa rochosa que marca o limite externo da cidade. A água desliza por baixo dela, mas nós temos que escalar.

Rastejamos, mantendo nossos corpos perto das rochas, e nos deitamos de barriga para baixo para espiar por cima. Os prédios surgem em nosso campo de visão — os fundos das casas e a sombra baixa de uma cerca. Nunca houve casas tão próximas assim da floresta. Não tenho certeza de como vamos chegar ao hospital sem sermos notados. Posso ouvir as crianças Tocadas rindo nos jardins logo adiante enquanto as borboletas esvoaçam ao seu redor. Culion está repleta delas. Espero que Nanay as tenha visto.

Sinto algo leve roçar meu rosto, e uma grande borboleta azul e branca pousa perfeitamente no dorso da minha mão. Ela abre e fecha suas asas uma vez, duas vezes.

— Ami. — Mari pronuncia meu nome devagar. — Não se mova.

— Eu sei — eu inspiro devagar. — É incrível.

— Não. — Sua voz é contida, uma mola retesada. — Não. Se. Mova.

Então, eu sinto outra coisa. Um peso na minha perna, passando pelas minhas panturrilhas. Deslizando. Meu corpo fica tenso.

— Não se mova! — Mari adverte, controlando a respiração.

Tento me lembrar do que Nanay me contou sobre cobras. *Há uma centena de espécies diferentes e somente dez são venenosas.* O peso está subindo pela minha coxa e tento não estremecer ao senti-la cruzar a base da coluna. Minhas entranhas estão congeladas num grito silencioso. *Elas não lhe farão mal a menos que você faça mal a elas, como as* diwatas. Subindo pela parte plana das minhas costas agora e, embora seja impossível, penso que posso sentir a língua se projetando veloz e roçando minhas costas.

Mari se moveu em silêncio ao meu lado para pegar uma grande pedra. Posso ver sua mão com o canto do olho: está trêmula, os nós dos dedos brancos. *Somente dez são venenosas. Elas têm mais medo de você do que você delas.* A cobra está se aproximando de meus ombros. Eu me pergunto se consigo me livrar dela com um gesto rápido o suficiente antes que ela tenha a chance de me picar. Eu deveria tê-la atirado para longe com um chute quando estava na minha perna. Concentro-me na borboleta, suas asas abrindo uma terceira, uma quarta vez, o olho no centro de cada uma cintilando a cada batida.

A cobra está sobre o meu ombro, e só isso basta para me impedir de me virar para olhar para ela. Posso discernir sua cabeça em minha visão periférica — um triângulo em formato do naipe de espadas. Em meio ao meu pânico, me vem à lembrança uma cobra encurralada na cozinha, pronta para dar o bote. *Uma víbora do templo*, explicou Nanay, escancarando a porta dos fundos e me conduzindo para fora da casa. *Jamais a irrite, é melhor deixá-la encontrar sua própria saída.* A língua se move para fora. *Jamais a irrite.*

Com certeza venenosa. Um arrepio desce pela minha espinha, embora eu esteja suando com o calor. Posso ver a mão de Mari apertando a pedra com mais força e de repente a borboleta levanta voo, partindo da minha mão com um suave beijo de pressão e a cobra a ataca, suas presas à mostra, perfurando minha pele.

Uma marca incandescente queima meus ossos. E, então, a pedra de Mari chega por cima esmagando-a e Kidlat está gritando e pouco antes de eu ser consumida pela dor, penso em como Nanay sempre depositava um beijo sobre a região afetada quando eu me machucava, e como tudo está de ponta-cabeça.

O FIM

Alguém está dizendo meu nome. A voz é gentil, mas insistente. Minhas pálpebras estão pesadas, unidas. O solo sob minhas costas é macio e estou afundando nele como água.

— Ami, abra os olhos agora.

Não quero fazer isso, mas a voz não vai embora. Eu suspiro profundamente e digo às minhas pálpebras para levantarem. Uma nesga de mundo brilha por entre meus cílios, branca e intensa. Volto a fechar os olhos.

— Não, Ami. Você tem que acordar. — Uma mão agarra meu ombro de leve e o chacoalha. — É hora de acordar.

Eu conheço essa voz. Sei que essa voz não é de Mari ou de Kidlat. Abro os olhos de novo, devagar. Minha língua está inchada e pegajosa.

— Irmã Margaritte? — digo, embora o que de fato sai soe bem diferente. Seu rosto fica mais nítido depois de algumas piscadas.

— Olá, Ami.

Viro a cabeça e meu pescoço dói.

— Onde...?

— No hospital. Hospital de Culion. Você está aqui há algumas horas.

Estou sozinha em uma sala pintada de branco brilhante. O ar é estéril e amargo. Minha mão direita dói e, quando olho para baixo, tudo que vejo é uma massa espessa de bandagens. Levanto a mão e ela começa a latejar.

— O quê...

A irmã Margaritte a pousa de volta no travesseiro em que estava descansando.

— Receio que sua amiga Mari tenha causado um estrago maior do que a cobra. Alguém os ouviu gritando por ajuda e, graças a Deus, você foi trazida rápido para cá. Mari matou e trouxe a cobra para que pudéssemos lhe dar o antídoto. O doutor Rodel cuidou do seu pulso o melhor que pôde.

Posso sentir a pressão de uma tala no braço.

— Mari está bem?

O rosto da irmã Margaritte fica sério de repente.

— Sim.

Algo em seu tom faz o pânico se instalar em mim.

— O que foi?

— Ela se foi, Ami. E Kidlat também.

Pisco, confusa.

— Foi para onde?

— O senhor Zamora os levou. — Sou tomada por uma profunda tristeza. — Ele tentou levar você também, mas o doutor Rodel e o doutor Tomas insistiram que você estava muito instável.

— Para onde ele os levou? — pergunto desesperada. — De volta para o orfanato?

Sua resposta é exatamente o que eu não queria ouvir.

— Eles foram transferidos.

— Para onde? Manila?

Ela balança a cabeça.

— Ele não disse.

— Não! — Não podemos ser separados, não depois de tudo isso. Eu queria que ela conhecesse Nanay, que tivesse alguém com quem ficar depois... depois de tudo isso.

A irmã Margaritte segura minha mão boa.

— Eu sei.

Mas não tem como ela saber. Não tem como ela saber que o senhor Zamora arrastou Mari para um destino que ela se esforçou tanto para deixar para trás. Para um asilo. Eu pisco perplexa para a irmã Margaritte. É tão estranho vê-la de novo, tão estranho estar de volta à Cidade de Culion, embora isso seja tudo que desejei durante semanas a fio.

Empurro as cobertas, embora o movimento faça minha mão latejar.

— Eu não vou embora.

— Sim, você vai — diz a irmã Margaritte, segurando meu outro pulso com uma firmeza de causar espanto. Algo bate na janela com um baque suave e, por um inefável momento, acho que é Mari, balançando uma mensagem na persiana para me dizer que ela está esperando. Mas, então, outra batida se segue e vejo que é uma borboleta, atirando-se contra a persiana.

— Pobrezinhas — diz a irmã Margaritte com tristeza.
— É a luz das paredes brancas, parece atraí-las. Você tem sorte de ter uma persiana, ou a sala estaria cheia delas. Elas estão por toda parte. — Seus olhos ficam distantes. — É bem bonito, na verdade.

Puxo sua manga.

— Por favor, irmã. Eu vim até aqui. Você ajudou a escrever as cartas de Nanay. Você disse que eu deveria vir...

— Sim, estou feliz que você esteja aqui. Mas você não pode *ficar*, Ami. — Ela diz as palavras de forma pesarosa, e dá para ver que ela lamenta ter de proferi-las. — É assim que as coisas são agora.

— Mas eu tenho que ver Nanay...

— É claro. Agora que você está aqui, você deve. — Ela se levanta, elegante em seu hábito preto. — Mas ninguém pode saber, Ami. Você compreende?

Ela enfia a mão nas vestes e retira dali um apito de prata.

— Isto é usado para avisar quando há um incêndio. Eu vou sair e assoprá-lo. Quando ouvir, vá direto para o quarto quatorze. É logo no fim do corredor, à esquerda. É demorado evacuar este lugar, e leva ainda mais tempo para todos retornarem. As rondas serão atrasadas, então, você terá pelo menos umas duas horas...

— Duas horas!? — Eu não vim de tão longe por tão pouco.

— Ami. — A irmã Margaritte está de costas para mim, mas sua voz falha. Eu espero. Ela respira fundo e volta a se virar para mim. — Sua *nanay*, ela está... ela está esperando.

— Eu sei, e é por isso mesmo que uma ou duas horas não é tempo suficiente...

— Não, Ami. Ela está esperando para dizer adeus. Para seu *pahimakas*. — Algo escorre por sua bochecha e percebo que seus olhos estão brilhantes de lágrimas. É como ver uma estátua chorar.

Estou tão surpresa com as lágrimas que não sinto as palavras serem assimiladas até que estejam borbulhando em minha mente. *Esperando para dizer adeus. Pahimakas.* O último adeus. Ela não está querendo dizer que...

— Não. — O mundo está desmoronando. Posso sentir meu rosto se contraindo e, de repente, a irmã Margaritte está sentada na cama ao meu lado, seu rosto próximo ao meu, segurando os meus braços com tanta força que chega a doer.

— Não — ela diz, com calma e determinação. — Não chore. Ainda não. — É tolice dela dizer isso quando ela mesma está chorando, mas eu contenho as lágrimas que querem brotar dos meus olhos.

— Você conseguiu, Ami — diz ela no mesmo sussurro caloroso. — Você atravessou a floresta. Você trouxe as borboletas. Sobreviveu à picada de cobra. — Ela afrouxa um pouco a pressão dos braços e seu tom abranda. — Você é uma garota extraordinária. E sua *nanay* precisa que você seja extraordinária neste momento. Ela está pronta, mas está com medo. Eu sei que você também está, mas você tem tempo para ficar com medo depois. Pode chorar mais tarde. Dê-lhe esperança, Ami. Dê-lhe coragem.

Sinto um calor crescendo dentro de mim, o mesmo fogo que senti quando o senhor Zamora estava prestes a esbofetear Mari no topo do penhasco. Não vou deixar Nanay ter medo. Eu concordo com a cabeça. A irmã Margaritte volta a ficar de pé e inclina a cabeça para trás como se estivesse tentando fazer com que suas lágrimas rolassem no sentido inverso.

— Muito bem — diz ela, sua voz retornando ao tom normal. — Lembre-se: saindo daqui, vire à esquerda. Quarto quatorze.

Então, ela parte e eu repito para mim mesma várias vezes para ser extraordinária. O apito soa do lado de fora do meu quarto e eu a ouço gritar "Corredor livre!". Há gritos e uma comoção que provêm de algum ponto mais distante. Eu desço as pernas para fora da cama, meus dedos doendo um pouco enquanto meus pés suportam o peso. Minha cabeça gira e minha mão lateja, mas alcanço a porta sem tropeçar. Escuto pelo buraco da fechadura por um instante antes de me certificar de que todos os ruídos estão bem distantes, e então saio para o corredor.

Ele também está pintado de branco brilhante e a tinta apresenta impressões digitais nos locais onde as mãos tocaram a superfície quando ainda estava secando. O hospital nunca tivera antes um corredor, nem tantos quartos individuais. Eles construíram tanta coisa, tão rápido. Viro à esquerda e passo pelos quartos doze, treze, parando em frente ao quatorze. Quero respirar fundo, preparar-me, mas não há tempo a perder. Giro a maçaneta e entro.

Não há nada no quarto, afora uma cruz de madeira na parede, uma pequena mesa com um copo e uma cama sobre a qual uma figura diminuta e encolhida está deitada sob lençóis brancos finos. Ao som da porta se fechando, sua cabeça se vira. Vejo que está envolta em bandagens. Ouço sua voz, e me esforço ao máximo para não chorar com o som. Ela parece muito velha e cansada.

— Ami?

— Sim, Nanay.

Não chego mais perto. Apesar do que disse a irmã Margaritte, estou com medo. Então, Nanay se posiciona de lado com dificuldade e vejo seus olhos meigos acima das bandagens e esqueço o medo. Estou apenas feliz, a felicidade me preenchendo da cabeça aos pés enquanto cruzo o quarto para ficar ao lado dela e enterro meu rosto em seu pescoço. Através do amargor antisséptico, ela cheira a ela mesma, terrosa e doce.

— Oh, Ami — ela murmura, segurando-me com pouca firmeza. Seus braços não estão enfaixados e sua pele é macia e quente sob minha túnica de hospital. — Você veio.

— Claro que vim.

— E que aventura você viveu.

— Você ficou sabendo? — digo, desapontada.

Ela recua e diz:

— Uma parte, mas gostaria de ouvir de você.

Ela abre espaço na cama estreita para que eu possa me sentar ao seu lado, e eu lhe conto. É como uma de nossas histórias. Conto a ela sobre o orfanato e a irmã Teresa, e as aulas sobre borboletas. Ela parece exausta e eu me pergunto se ela está tomando o que Rosita estava tomando, uma medicação que faz você se sentir cansada, mas sem dor e aérea. Mantenho minha boca ocupada com minha jornada, lembrando-me de ser corajosa.

Conto-lhe sobre as cartas, o incêndio e *Lihim*. Falo sobre o peixe e sobre Kidlat. Sobre andar e dormir sob as estrelas, Bondoc com os fósforos, o tapete de frutas podres e a cobra. Ela segura minha mão com força nesta parte. Mas, acima de tudo, conto-lhe sobre Mari e as borboletas.

— É uma aventura maravilhosa, Ami. Você vai se lembrar disso para sempre.

— Sim — eu concordo.

— Você parece triste.

Estou pensando em como Mari não demorará para me esquecer.

— A garota com quem vim para cá. Ela foi levada embora.

Nanay acaricia minha mão.

— Tenho certeza de que vocês vão voltar a se encontrar. A irmã Margaritte mandou chamar Bondoc. Ele disse que vai cuidar de você.

— E quanto a Capuno?

— Capuno está bastante ocupado. Ele está ensinando agora, na escola daqui. Você é a coisa mais preciosa, Ami. Vão tomar conta de você. Você é amada. — Sua voz falha e ela desvia o olhar, direcionando-o para a janela. — E as borboletas são miraculosas, não são? A irmã Margaritte diz que elas estão por toda parte em Culion, pousando em todos os lugares. — Nanay suspira, o chiado em sua respiração pior do que jamais ouvi. — Eu gostaria de poder vê-las.

— São tantas, talvez até mais do que na sua casa das borboletas.

— Tenho certeza que sim. — Ela sorri de leve. — Seu *ama* as amava quase tanto quanto a mim, e nós dois as amávamos pelo mesmo motivo. Você consegue adivinhar qual é?

Penso a respeito.

— Porque elas são belas?

Nanay balança a cabeça, o movimento provocando uma careta.

— Algumas borboletas vivem apenas um dia, outras uma semana, e há aquelas que duram um mês. Mas elas passam cada um desses dias ocupando-se de viver. E tornam o mundo um lugar mais bonito, por mais breve que seja seu tempo.

Seu braço me envolve com mais força. Ela está dizendo essas coisas como se quisesse dizer outra coisa com elas. Sua voz é triste e suave e eu tenho que apertar minha mandíbula para não chorar.

— Eu trouxe de volta sua bacia.

— Fique com ela. Ami, eu...

Eu não quero que ela explique. Eu já sei, pelo que ela acabou de dizer e pelo que a irmã Margaritte me contou. Acho que sabia mesmo antes disso, desde que li a carta que Mari furtou para mim. Mas isso não faz meu peito doer menos, não torna mais fácil respirar.

— Você tem ido à igreja? — apresso-me em perguntar, porque preciso impedi-la de falar e a cruz está acima de nós e é tudo que consigo pensar em dizer.

— Claro que não. — Ela enfia a mão debaixo do travesseiro e puxa seus deuses de terracota. — Mas eles pregaram isso na parede e não vão retirar.

Uma borboleta colide com um baque surdo na janela. Um pensamento me vem à mente.

— Elas gostam do branco. É tão triste — comenta Nanay. Então: — O que você está fazendo?.

Eu saio de sob as cobertas e atravesso o quarto até a janela. A tela é mantida no lugar em uma moldura de madeira, encaixada no buraco quadrado irregular. Dá para ver que foi feito com pressa. Eu começo a pressionar a moldura de madeira com minha mão sem a tala.

— Ami, você vai se meter em problemas! — repreende Nanay, mas ela não consegue sair da cama para me impedir. Após alguns instantes, a tela cai para a frente e desaparece de vista.

Como se estivesse esperando, uma única borboleta marrom voa para dentro e pousa no lençol branco de Nanay. Nós duas ficamos em silêncio por alguns segundos, então Nanay ri de alegria e é o primeiro barulho realmente alto que ela faz. A borboleta sai voando, mas não importa porque mais borboletas estão chegando, atraídas pela brancura. Quando volto para a cama ao lado de Nanay, há uma dúzia delas esvoaçando ao nosso redor, pousando nos lençóis ou nas paredes.

Nós as observamos, Nanay segurando firme minha mão, enquanto elas preenchem o quarto como folhas caindo, girando em suas correntes invisíveis e tecendo em torno de nossas cabeças. Nanay beija minha testa.

— Obrigada, Ami.

— Está tudo bem. A irmã Margaritte disse que eu trouxe as borboletas.

— E você trouxe mesmo. — A voz de Nanay voltou a exprimir cansaço. — Você se importa se eu fechar os meus olhos por um momento?

Há tantas coisas que quero dizer, mas fico com medo de começar a chorar caso fale, então, eu balanço a cabeça. Permanecemos ali deitadas como costumávamos fazer depois que eu tinha um pesadelo, o braço de Nanay me envolvendo. Ela fala baixinho sob o meu cabelo:

— Está tudo bem, Ami. Eu não estou com medo. Estou feliz que você veio.

— Eu te amo, Nanay.

— Eu te amo — diz ela.

A sensação de chorar é quase boa. Meu corpo treme e Nanay me segura junto dela até que eu consiga parar. Respiro fundo várias vezes como ela me ensinou, enquanto ela começa a me contar uma mistura de histórias, histórias novas e antigas e verdadeiras, sobre os gigantes e a casa com flores onde ela era feliz com Ama, e florestas de borboletas. Sua voz vai diminuindo de volume, sumindo; as borboletas rodopiam.

Quando ela para de falar, eu não me viro. Abraço minha barriga com força, como se apertá-la fosse impedir que minhas entranhas parecessem se rasgar. O quarto mergulha em um crepúsculo sombrio, e então a porta se abre e a irmã Margaritte está parada em meio a um enxame de borboletas. O braço de Nanay está pesado sobre mim. E imóvel. O silêncio de sua respiração é o som mais alto que já ouvi.

Uma mão gigante e gentil afasta o toque de Nanay da lateral do meu corpo. Bondoc me levanta e me envolve em seus braços. Instala-se um silêncio tão completo que só pode significar uma coisa: lá fora, o céu racha. A monção lava o ar, finalmente.

TRINTA ANOS DEPOIS

UM

Sol estava perdida. Sem perceber, havia deixado passar a estrada que levava de volta a Manila, e agora não tinha certeza se ela se lembraria do caminho de volta para o pomar. Sua cesta de laranjas pesava como tijolos em sua cabeça. Ela ansiava por retirar uma de seu invólucro de papel, afundar a unha do polegar na casca grossa para perfurar a polpa, e chupá-la até a última gota. Sua boca encheu-se de água e ela respirou fundo. Tinha de resistir. Cook, a criada, e todos os órfãos, inclusive ela própria, economizaram sua mesada por semanas para pagar por elas como um presente especial para o aniversário da patroa. Jamais a perdoariam se ela comesse uma que fosse.

Por um momento, foi tomada por uma crescente irritação. Por que Cook não poderia ter escolhido as laranjas da região que abarrotavam as árvores no jardim, e que eram tão abundantes e baratas no mercado que poderiam ser compradas em barris? Por que insistiu que a patroa deveria ganhar *estas* laranjas? Não pareciam nem um pouco diferentes das laranjas do mercado, mas pela forma como o fazendeiro as colhera da árvore e as embrulhara uma a uma em finas folhas de papel, você pensaria que eram feitas de vidro. E por que — e foi isso que a fez cerrar os punhos e apertar a mandíbula — tinha de ser *ela*, com apenas 13 anos e um péssimo senso de direção notório, a fazer a jornada de duas horas a pé, por uma rota que ônibus nenhum trafegava, e se perder de tal maneira no caminho de volta que logo a lua estaria visível no céu?

Sol voltou a respirar fundo para se acalmar. Ela sabia que Cook não tivera a intenção de lhe fazer mal. Foi uma boa ideia, algo que deixaria a patroa muito contente. Sol abrandou seu coração. As coisas estavam muito melhores desde que a patroa e seu irmão tinham assumido o orfanato cinco anos antes. Se havia alguém que merecia um presente de aniversário, era ela. E agora que Sol pensava melhor a respeito, ela própria *havia* se oferecido para a tarefa a fim de evitar ajudar no dia de lavar roupas. Ainda assim... ela estremeceu.

Aquelas florestas não eram amistosas. Eram selvagens e bravias, a um mundo de distância dos arrozais cultivados que contornavam Manila, a quilômetros dali. O dia estava perdendo sua luz mais rápido agora, daquele modo descuidado e urgente que significava que o sol estava se pondo no horizonte.

Ela parou por um momento, ofegante. Não apenas por causa do calor e do peso da cesta, mas do pânico que começava a se instalar. Ela deveria retornar, tentar encontrar o caminho de volta para o pomar. Fechou os olhos, tentando se lembrar do trajeto que havia feito. *Direita, esquerda, esquerda, centro. Não, não era isso. Direita, esquerda, centro, esquerda. Ah, vamos lá! Lembre-se!* Voltou a abrir os olhos. Não adiantava. Sua maior esperança era continuar seguindo o caminho pouco iluminado adiante. Ela prosseguiu, trocando as pernas, e de repente alcançou a linha das árvores. À frente, o caminho subia por uma crista estreita, pressionado para cima como a massa da borda de uma torta. Parecia também tão frágil quanto, e ela teve o cuidado de não chegar muito perto da beirada enquanto espiava.

Sol foi invadida por um completo desânimo. Lá embaixo havia um vale escuro com mais árvores. Uma espessa área de flores vermelhas e azuis serpenteava no centro, e um rio estreito brilhava como um fio de prata na floresta, mas não havia sinal algum de uma cidade, nem de uma fazenda.

Ela depositou a cesta no chão e deixou-se cair sentada ao lado dela, tirando as sandálias e esfregando os pés doloridos. Olhou para as laranjas embrulhadas em papel. A essa altura, já não importava mais. De qualquer jeito, estaria encrencada por perder seu turno na cozinha quando retornasse. *Se* ela retornasse.

Pegou um dos pacotinhos e o desembrulhou, levando a laranja até o nariz e inalando o perfume. Sua boca salivou quando ela penetrou o polegar fundo na casca e a puxou até que a fruta ficou redonda e perfeita em sua palma. Ela pretendia comê-la devagar, em gomos, mas a sede a dominou e logo ela a devorou como uma maçã, o sumo grudando seus dedos uns nos outros.

Era a coisa mais deliciosa que já havia provado, muito mais doce do que as laranjas do mercado local. Ela se deitou e esticou os braços sobre a cabeça.

Logo o sol iria se pôr, deixando apenas um véu púrpura no horizonte. Acima dela, a meia-lua estava pálida como um fantasma por trás da última luz do dia. Uma sensação de calma apoderou-se de Sol enquanto observava a lua ficar cada vez mais brilhante e um indistinto punhado de estrelas raspar as bordas do céu ainda claro.

Algo começou a arremeter e mergulhar em seu campo de visão, vindo tão baixo que ela riu de nervosismo, lembrando-se da história de Cook sobre a menina que teve de cortar todo o cabelo depois que um morcego ficou enroscado nele.

Mas não era um morcego.

Sol piscou. Havia apenas uma ou duas a princípio, mas, quando se sentou, percebeu que o ar estava repleto delas. Esfregou os olhos.

As borboletas rodopiavam como correntes de ar para cima e sobre a crista diante de si, como que atraídas. Eram tão numerosas quanto as moscas-das-frutas que fervilhavam no período mais quente do dia, e todas pareciam estar indo no mesmo sentido. Ela rastejou para a frente apoiada nas mãos e nos joelhos, espiando pela beirada. Fumaça se erguia em uma coluna contínua do centro do campo de flores na floresta lá embaixo. Não se tratava de um incêndio florestal. Era uma chaminé. E as borboletas convergiam em sua direção.

Sol estava de pé sobre a frágil crista antes que pudesse pensar duas vezes. As borboletas voavam por cima de sua cabeça enquanto ela deixava a gravidade puxá-la para baixo, derrapando nos calcanhares e agarrando raízes onde quer que conseguisse. Seus pés descalços queimavam conforme as bolhas estouravam.

Assim que chegou ao nível da linha das árvores, a fumaça foi encoberta e ela não conseguiu mais enxergá-la, mas isso não importava. As borboletas ainda esvoaçavam pelas árvores ao seu redor. Recuperando o fôlego na base da encosta, Sol esticou os braços e elas voaram aos montes ao redor de seus dedos, tão próximas que ela imaginou poder sentir o beijo do ar deslocado por suas asas roçando suas mãos. Uma delas pousou em seu polegar voltado para cima, um azul iridescente no crepúsculo, com veios negros projetando-se no brilho. Ela a observou abrir e fechar as asas uma vez, duas vezes, depois juntar-se ao bando.

Sol sentiu-se zonza. Ela tropeçou, agachando-se para esperar a sensação de desmaio passar, e quando voltou a olhar para cima, o fluxo de borboletas havia diminuído.

Em pânico, avançou correndo, avistando as últimas enquanto elas dobravam uma esquina como uma rabiola. Ela as seguiu até uma súbita clareira, onde havia menos árvores e a grama era mais baixa. No centro da clareira, um enorme aglomerado de flores vermelhas num arbusto do tamanho de uma casa. Sol olhou com mais atenção.

Era, *de fato*, uma casa. As paredes estavam cobertas de flores e lá estava a fumaça que ela vira elevando-se do centro do telhado. Só que não tinha um cheiro de fumaça qualquer, ela percebeu, agora que estava mais próxima. Cheirava a mel, misturando-se com o aroma delicado das flores. As borboletas dançavam ao redor da coluna, e ela notou que agora esvoaçavam de modo desajeitado, chocando-se umas contra as outras, mergulhando e voltando a subir.

Seu coração começou a bater ainda mais rápido. Aquilo não estava certo. Havia algo na fumaça — algo que as estava prejudicando.

Sol deu um passo à frente. Queria afastá-las da fumaça, mas o telhado era muito alto.

Então, elas começaram a cair, como cinzas. A maioria pousou no telhado florido e nas paredes, mas algumas desabaram diante dela, derramando-se a seus pés como joias em formato de folhas.

— Não! — Ela ajoelhou-se com cuidado e tentou levantar uma, mas suas asas soltaram pó entre seus dedos trêmulos. Ela tentou de novo com outra quando, de repente, uma luz forte surgiu de uma das paredes floridas. Uma porta se abrindo.

— Pare!

DOIS

O coração de Sol disparou. Ela deixou as mãos penderem ao longo do corpo e apertou os olhos voltados para a figura à porta.

— Não toque nelas! — A voz voltou a ordenar, com urgência. — Fique quieta onde está.

Ela obedeceu, agachando-se de volta sobre os calcanhares. A silhueta estava recortada contra a luz: uma forma quadrada que poderia pertencer tanto a um homem como a uma mulher, ser jovem ou velha. As pontas dos dedos de Sol estavam pegajosas devido ao sumo das laranjas, cobertas do pó e das cores vivas das asas de uma borboleta. Ela começou a chorar.

— Está tudo bem, criança — disse a voz, mais gentil e próxima agora. — Eu sei que você não quis causar nenhum dano.

Ela ergueu a vista através de um caleidoscópio de lágrimas e viu que se tratava de uma mulher, usando um pedaço esticado de rede para içar as borboletas caídas até as flores. Olhando mais de perto agora, entretanto, elas não estavam mortas. Suas asas estavam se abrindo e fechando, o que fazia a casa ondular como água. Quando Sol ia pôr-se de pé, a mulher voltou a falar, baixinho.

— Permaneça aí só mais um minuto, estou quase terminando. Em quantas você tocou?

— D-duas — gaguejou ela. — Eu sinto muito, pensei que estivessem machucadas.

— Apenas atordoadas — esclareceu a mulher enquanto colocava as borboletas feridas na palma da mão. Ela cerrou a mandíbula, então baixou decidida a outra mão sobre os corpos. Sol retraiu-se em reação ao som produzido.

— É menos cruel dessa forma. Elas não conseguem sobreviver sem as asas — explicou a mulher enquanto examinava com atenção o solo.

— Por que estão todas sonolentas?

— É a fumaça. Eu coloco ervas nela, e isso as traz para casa para descansarem. Não é seguro à noite, com os morcegos e as cobras.

Sol não sabia o que responder a isso e observou a mulher manusear com cuidado uma última borboleta preta e vermelha, depositando-a em uma flor e, em seguida, encostar a rede na parede.

— E, além disso — prosseguiu a mulher, caminhando em sua direção. — Nunca toque em uma borboleta pelas asas, ferida ou não. Você só vai machucá-la ainda mais. Elas são delicadas demais para o toque humano.

Sol assentiu e se levantou conforme a mulher se aproximava. Ela tinha um rosto acolhedor e gentil, com olhos grandes e escuros. De perto, parecia regular em idade com a Patroa.

— Então — disse a mulher. — Agora você sabe que não deve tocar em uma borboleta, mas já deveria saber que não deve perambular sozinha pelas florestas tão perto assim de anoitecer.

Sol demorou alguns segundos para perceber que a mulher queria uma explicação. Seu cérebro ainda estava às voltas com as borboletas.

— Eu me perdi.

— Imaginei que sim. — A mulher sorriu. — Para onde você estava indo?

— Manila.

— Ah. Você está muito perdida, de fato. — Ela retornou para a casa. — É melhor você ficar aqui esta noite.

— Não posso! Minha patroa...

— Quer que você esteja em segurança, tenho certeza. Tenho mesmo que ir até Manila amanhã, para dar uma palestra em uma escola. Posso lhe dar uma carona.

Sol olhou para trás, para a floresta sombria e oscilante, e sua determinação vacilou. Ela seguiu a mulher até a porta iluminada. A casa era grande por dentro, com as divisórias de papel corrediças puxadas contra as paredes para formar um único e grande cômodo, a lareira perfumada no centro.

— Está com fome? Eu tenho um pouco de arroz, ou laranjas.

Sol bateu com a mão na testa.

— Ah, não!

— O que foi?

— Deixei as laranjas lá em cima — recriminou-se Sol, apontando para fora da porta aberta. — Minhas sandálias também.

— Que laranjas?

— As que comprei da fazenda na colina. São um presente para minha patroa. Quase trinta delas.

A mulher franziu o nariz.

— Eles não têm laranjas em Manila?

— Cook disse que elas não são tão boas como essas — explicou Sol, incapaz de evitar o tom de censura de sua voz.

— Isso é verdade. — Sua voz era cálida e calmante, como chá doce. — Eu sou dona daqueles laranjais e concordo que são especiais. É uma variedade que só cresce em alguns lugares do mundo.

Ela ficou de pé e caminhou até um canto escuro, levantando uma caixa de baixo de uma mesa.

— Tome, você pode pegar estas.

Sol espiou o interior. Estava cheio de laranjas do mesmo tamanho das que havia deixado para trás.

— Mas eu não posso pagar por elas...

— Não precisa. — A mulher abanou com a mão. — São um presente.

— Obrigada — disse Sol, o alívio inundando-a. — Mas de qualquer forma eu tenho que pegar minhas sandálias na colina...

— Você não pode ir agora. Está muito escuro. Você pode buscá-las amanhã, antes de partirmos para Manila.

Sol não queria discutir. A casa era confortavelmente fresca e clara, e a mulher estava lhe oferecendo uma xícara de chá.

— Beba.

Era tão quente e doce quanto sua voz. Sol o terminou em quatro grandes goles, deixando as folhas de chá girando. A mulher se levantou para servir a xícara de novo de uma chaleira sobre o fogo. Sol olhou em volta. O piso consistia de um tapete grosso de grama seca trançada e as poucas peças de mobília eram quadradas e robustas, como a mulher.

— Não é muita coisa — disse a mulher. — Mas é um lar.

— É adorável!

Era mesmo. Parecia que a casa estava lá há tanto tempo quanto a própria floresta, criando cadeiras e janelas assim como criava raízes e galhos.

O rosto da mulher se abriu em um largo sorriso.

— Acho que sim. Mas existem casas muito maiores na cidade.

— Onde eu moro, o chão tem tapetes, por isso, está sempre quente. E as pessoas não são tão grandiosas quanto se haveria de crer por suas casas.

A mulher franziu a testa, as linhas de expressão cortando o seu rosto e fazendo-a parecer muito mais velha do que no instante anterior.

— Espero que sua patroa não seja cruel com você.

— Oh, ela é muito bondosa e eu não sou criada dela. Ela administra o orfanato. Eu sou... — Sol hesitou. Ela odiava a reação de pena que sempre acompanhava as próximas palavras. — Órfã.

— Eu também — contou a mulher, com um sorriso triste no rosto. Elas permaneceram sentadas em silêncio por um momento, a xícara de chá esfriando entre as palmas das mãos de Sol.

— Enfim — disse a mulher, estalando a língua. — Que mundo estranho é este onde alguém pode administrar um orfanato com tapetes e ainda assim nem sequer pensar em dar calçados aos órfãos?

Sol lembrou-se de seus pés descalços.

— Oh, eu tenho calçado! Eu os deixei com as laranjas.

— Ah, é, você me contou. — A mulher deu um tapa de repente na testa, como se estivesse batendo em uma porta. — Que tolice a minha! E eu nem perguntei seu nome. Eu faço tudo fora de ordem, você logo irá perceber. Qual é o seu nome?

— Sol.

— É encantador. E eu sou Amihan. — Ela fez uma pausa e pigarreou antes de perguntar: — Você gosta do orfanato, Sol?

Sol deu de ombros.

— Não é ruim. Costumava ser horrível, mas desde que a patroa assumiu, tem sido muito bom. — Quase como um lar, pensou ela, mas já estava farta de falar sobre si mesma, sua vidazinha chata com seus detalhezinhos entediantes. As palavras que estavam queimando sua língua lhe escaparam antes que ela pudesse impedi-las, saindo altas e confusas: — As borboletas!

Amihan olhou para ela por cima da borda da xícara.

— As borboletas — Sol fez outra tentativa. — O quê... Por que elas estão aqui?

Amihan engoliu em seco.

— Elas estão aqui porque eu estou aqui.

— São suas?

— Não minhas, na verdade — respondeu a mulher. — Mas eu me importo com elas. Sou mais delas do que elas minhas.

Sol franziu o cenho.

— Você as alimenta?

— Eu plantei as flores das quais elas se alimentam. Cuido delas à noite, coloco redes para deter os morcegos. Em troca, elas me deixam estudá-las.

Sol teve um súbito lampejo de inspiração.

— Como um colecionador de borboletas?

O rosto acolhedor da mulher pareceu se fechar e tornar-se sombrio, seus olhos de repente ferozes.

— Não, nada parecido com um colecionador de borboletas. — Ela despejou com rispidez as palavras. — Eu não preciso matar coisas bonitas para entendê-las. Não preciso aprisionar uma coisa silvestre para pendurar na minha parede como uma pintura.

A boca de Sol ficou seca.

— Sinto muito, eu...

— Não — interrompeu a mulher, as nuvens se dissipando. — Eu é que peço desculpas. Eu... É um erro comum. Na verdade, não há palavra para definir o que sou. Alguns chamam os que estão no meu ramo de trabalho de lepidopterólogos, ou aurelianos.

— O que é um aureliano? — A palavra soou graciosa na língua desajeitada de Sol. Era requintada e resplandecente, como uma renda dourada.

A mulher sorriu ante a perplexidade no semblante de Sol.

— É apenas um termo chique para "colecionador de borboletas", só que mais científico. Mas outros aurelianos matam as borboletas para estudá-las. Eu não. Eu crio museus vivos para jardins.

— Como?

— Eu planto as flores que elas gostam e, às vezes, construo redes ou invólucros de vidro para mantê-las seguras e aquecidas.

— Como uma tratadora de borboletas? A mulher bateu as palmas de alegria. Uma delas estava tomada por cicatrizes e Sol tentou não ficar encarando.

— Sim! Exatamente isso. Terei que mudar meu letreiro.

Ela apontou com a cabeça para a porta e Sol notou um pedaço retangular de madeira ali pendurado. Estava pintado num tom de azul vivo, com esmeradas letras douradas.

AMIHAN TALA
AURELIANA
Especializada em Jardins de Borboletas
Tire suas Dúvidas

— Eu a penduro na estrada principal quando a feira do comércio passa. Na maioria das vezes, as pessoas só vêm me perguntar o que isso significa, mas consigo trabalho suficiente. E você, o que faz?

Sol franziu a testa.

— Eu sou uma criança. Vou para a escola e faço minhas tarefas...

Amihan descartou essa resposta.

— Não, não. O que você faz?

— Eu ajudo Cook...

— Não! — insistiu a mulher, com firmeza, mas não de maneira grosseira. — No que você é boa? O que você gosta de fazer? O que vai fazer pelo resto da sua vida?

Sol refletiu profundamente, querendo encontrar uma resposta que a agradasse. Uma professora? Uma secretária? Essas opções talvez fossem um pouco ambiciosas. No entanto, ali estava aquela mulher no meio da floresta, vivendo em uma casa coberta de borboletas. Isso fazia com que coisas impossíveis parecessem um pouco mais possíveis.

— Uma tratadora de borboletas.

— Essa — disse Amihan, inclinando-se para a frente com uma expressão solene — é uma ideia muito boa, de fato.

Sol sentiu o afeto avolumar-se dentro dela.

— Como você se tornou uma?

— Ah — disse a mulher —, para entender isso, eu teria que começar do início. É uma longa história. E, portanto, provavelmente muito chata.

— Não vejo como pode ser chata — assegurou Sol.

— Você não está cansada?

Sol sacudiu a cabeça com determinação.

— Nem um pouco.

Não estava. Era quase como se o ar houvesse recebido uma descarga elétrica. Ela sentia essa sensação percorrendo os pelos de seus braços.

— Diga-me — disse a mulher, recostando-se na cadeira. — Você já ouviu falar de Culion?

— A colônia de leprosos?
— Sim. — Sol podia sentir os olhos da mulher pousados nela enquanto falava. — O que sabe sobre o lugar?
— Que está cheio de leprosos — Sol tentou não estremecer. Seus olhos se voltaram para a mão repleta de cicatrizes da mulher.

A mulher riu de maneira seca.
— Isso é verdade. E o que você pensa a respeito disso?
— Não penso muito a respeito — respondeu Sol.
— Não pensa muito a respeito?
— Não é uma coisa boa para se pensar.
— Por quê? Por que a assusta?
— Porque é nojento!

Desta vez, quem se encolheu foi a mulher.
— Pela minha experiência — disse Amihan —, a repulsa é fruto do medo. Por que você tem medo de leprosos, Sol?

Sol estremeceu e pensou no velho que às vezes vinha implorar esmolas na porta do orfanato. A patroa sempre os fazia convidá-lo para entrar e lhe dar comida, e uma vez Sol atendeu à porta e sua mão sem dedos roçou a dela. Mas parecia uma resposta boba de se dar. Todas as crianças tinham medo dele e falavam coisas muito piores do que Sol dissera. Era assim que as coisas eram.

Mas ela percebeu que havia aborrecido Amihan. A atmosfera entre elas voltara a mudar. Era como estar no quarto com uma nuvem: num instante, a mulher era afável e fofa e, no instante seguinte, era uma tempestade cinzenta e ameaçadora.

— Eu quis dizer...

— Eu sei o que você quis dizer. — Amihan estava distante agora, os olhos fixos na parede acima da cabeça de Sol. — E eu devo lhe dizer que gentileza é uma parte importante quando se é uma tratadora de borboletas. Você acha que o que disse foi gentil?

— Não — reconheceu Sol, sua própria voz sussurrada para se equiparar em volume com a da mulher.

Houve um longo silêncio. A expressão de Amihan era imperscrutável, uma névoa em um dia sem vento. Sol sentiu-se constrangida.

— Eu sinto muito — disse ela, por fim. — Não foi gentil da minha parte.

— Só lamento que você sinta nojo de pessoas que são diferentes. Pessoas que estão sofrendo, e que não lhe fazem mal algum exceto por existirem.

A reprimenda foi tão severa quanto se Amihan a houvesse expressado aos gritos, e Sol se apressou em continuar a conversa.

— Foi assim que você se tornou uma aura... uma aralana?

— Aureliana.

— Aureliana. — Mais uma vez, a palavra escapou flutuando dos lábios de Sol, como uma brisa cintilante. — Sendo gentil?

— Não — contou a mulher, seus olhos reluzindo como as últimas brasas no carvão. — Eu cheguei até aqui por sorte. E graças ao amor, é claro. Ele está por trás da maioria das histórias, longas ou curtas. Assim como da maioria das jornadas. E foi uma grande jornada que me trouxe até aqui.

— Você não nasceu aqui?

A mulher balançou a cabeça.

— Onde você nasceu, então?

A mulher a encarou, fingindo seriedade.

— Não consegue adivinhar?

— Culion? — Sol ficou boquiaberta. — Mas... mas como você saiu de lá?

— De novo: graças à sorte e ao amor. Tendo as duas coisas e depois perdendo-as.

TRÊS

O tom de voz da mulher era baixo, hipnotizante, pontuado por pausas enquanto ela olhava ao redor da sala como se buscasse a próxima parte de sua história. E, à medida que prosseguia, de uma infância passada entre leprosos, a um orfanato e a amizade com uma garota que recebeu o nome de borboleta, e uma travessia feita em um barco abandonado, era para Sol ter tido cada vez mais convicção de que era só isso mesmo: uma história que Amihan estava conjurando de algum canto escuro.

Mas Sol sabia, tão certo como o silêncio da noite, que era verdade, que quando Amihan parava de falar era apenas para reviver as palavras, para lembrar o que viu. E quando ela chegou ao bando de borboletas, Sol fechou os olhos, lembrando-se de perseguir as asas, descendo a encosta. Seus olhos doíam e recusavam-se a permanecer abertos, mas ela não queria perder nem uma palavra.

A pausa mais longa se estendeu entre Amihan contando sobre o silêncio de Nanay, o toque da mão de Bondoc e a chegada da monção. Sol ergueu os olhos com brusquidão.

— Você está me dizendo que sua *nanay morreu*? — perguntou ela, consternada. Ela podia sentir as lágrimas escorrendo pelo rosto, mas não se importou. Pensou que deveria haver um final mais feliz para a história.

A mulher confirmou com a cabeça devagar.

— Receio que sim.

— Mas isso não é justo!

— Isso — disse a mulher —, não é inteiramente verdade.

Sol a encarou, perplexa.

— É triste — continuou. — Partiu meu coração. Mas ela estava muito doente. Estava sofrendo. Demorei anos para perceber isso, mas foi menos cruel dessa forma.

— Assim como Mari falou? — perguntou Sol, ávida para mostrar que estava prestando atenção.

O tom de voz da mulher baixou e abrandou.

— Sim, assim como Mari falou.

— Você a encontrou? Ou Kidlat?

— Eu os procurei pelo máximo de tempo que pude suportar a angústia. Fui a todos os asilos e orfanatos que pude encontrar, mas não estavam em Manila, ou em qualquer uma das outras grandes cidades ou vilas. Ele deve tê-los levado para outro lugar. Não havia traço algum deles.

Sol percebeu que a mulher não queria mais falar sobre Mari, por isso, tratou de pensar logo em outra pergunta.

— E tudo isso aconteceu com *você*?

Sol estava com dificuldade de aceitar que a mulher já fora aquela jovem um dia. É sempre difícil imaginar adultos tendo infâncias.

A mulher riu.

— O passado de outras pessoas parece outra vida, não é? Contar para você tornou tudo estranho para mim também. Embora seja minha própria história.

— O que aconteceu com as borboletas?

— Aconteceu que chegou a monção — disse Ami simplesmente. — No dia seguinte, as ruas estavam cheias de borboletas mortas. — Sua expressão se suavizou um pouco em reação ao rosto abalado de Sol. — Não é uma parte muito feliz da história, não é?

Sol balançou a cabeça, com as mandíbulas cerradas.

— Mas o fato de terem vindo por si só já foi incrível. Pensar que aquelas poucas amostras derrubadas pelo senhor Zamora transformaram-se em um bando de borboletas.

— Eu gostaria que pudesse ter sido um final mais feliz — murmurou Sol.

— Mas é um final feliz — Ami gesticulou ao redor delas. — Veja só onde eu vim parar.

— Por que aqui? — questionou Sol.

— Não a está reconhecendo? — perguntou Ami, gentil. — Uma casa coberta de flores?

Sol engasgou.

— Você não... Você não se *encontrou* com ele? Seu *pai*?

Outro sorriso triste tremeluziu no rosto de Ami.

— Não. Cheguei tarde demais para isso. Mas encontrei a casa. Assim que Bondoc e eu chegamos a Manila, perguntamos a todas as pessoas que conhecíamos, e a muitas que não conhecíamos, se tinham ouvido falar de uma casa com telhado azul em um vale, coberta de flores vermelhas. Um dia, perguntei a uma mulher que vendia chá no mercado e ela me contou que uma vez passou por uma casa dessas, a alguns quilômetros de Manila.

— Pensei que seu pai fosse leproso... desculpe, Tocado.

— Sol fez uma pausa, esperando que tivesse se lembrado desse detalhe corretamente em meio à enxurrada da vida daquela mulher. — Pensei que todos os Tocados tivessem sido levados para Culion.

— Bem, as únicas pessoas que sabiam que ele estava lá — *aqui* — tinham morrido ou ignoravam o fato de que ele era Tocado. Ninguém se importava com um homem que vivia no meio do nada. Exceto eu, é claro.

Ela abriu um largo sorriso e Sol teve um vislumbre da Ami da história — jovial, maravilhada e encantada com a forma como o mundo funcionava.

— Então, comprei um pouco de chá para presenteá-lo e fui vê-lo. Mas a casa era mais floresta do que casa. Sua doença piorou logo depois que Nanay foi tirada dele. Eu estava anos atrasada. Ele morreu em casa e foi enterrado em um bosque próximo por alguns moradores locais. Seu túmulo estava coberto de vegetação quando eu cheguei, as trepadeiras crescendo na estaca de madeira que usaram para marcá-lo. — Ela interrompeu o relato e engoliu em seco. — Eu deixei como está, para que as borboletas o visitem. Mas Bondoc me ajudou a consertar a casa e suponho que seja errado dizer que não encontrei um pai aqui. Bondoc tornou-se um excelente pai. Tivemos alguns anos muito felizes juntos.

— Bondoc adotou você?

— Não, nada assim tão oficial! — Ami riu. — Mas ele me amava como a uma filha e amava Nanay como a uma esposa. Foi a maior tristeza de sua vida ele nunca ter podido dizer adeus a ela. Pelo menos, isso eu tive, embora tenha levado muitos anos para me sentir grata.

— Mas ele tinha você — Sol apressou-se em dizer, não querendo retornar para os domínios da tristeza. — E você foi feliz.

— Claro que fui — disse Ami. — Eu sou. Como poderia não ser, em um lugar como este? E eu plantei um pomar cheio das laranjas favoritas de Mari para manter parte dela por perto. Se você tem ou faz algo que alguém ama, acredito que isso o aproxima de você, mesmo que esse alguém não esteja mais lá.

— Como a bacia da sua *nanay* embaixo do seu travesseiro?

— Exato.

— Foi por causa do bando de borboletas que você decidiu ser tratadora?

— Não foi bem uma decisão, mas um acontecimento.

Sol aguardou até que a mulher explicasse.

— Bem, esta casa sempre as atraiu, e alguns anos depois da morte de Bondoc, vender ervas havia se tornado entediante. Um cientista que tinha ouvido falar sobre "a casa das borboletas" veio até aqui e a fotografou.

Ela apontou para uma foto em preto e branco emoldurada pendurada acima da porta.

— Ele disse que era lepidopterólogo e quis saber se eu estaria interessada em vender-lhe algumas borboletas.

— Você deu as borboletas para ele?

Ami negou com a cabeça.

— Ele não concordaria em mantê-las vivas. Mas passou meu nome a alguns outros cientistas na Ásia, e começaram a me pedir para fazer criações de borboletas para eles. Uma vez, até viajei para um lugar chamado Londres, na Inglaterra, e falei sobre minhas técnicas.

— Você esteve na Inglaterra? — Sol nunca conhecera alguém que tivesse deixado as Filipinas, muito menos cruzado oceanos.

— Sim. Eu dei uma palestra em uma de suas sociedades. — Ela apontou para outra foto emoldurada na parede oposta: uma imagem granulada dela em um palco. — Mas essa é outra história.

— Como foi?

— Frio.

Sol assentiu. Tinha ouvido isso de Cook, que lia livros que se passavam lá.

— Você ainda viaja?

Ami se espreguiçou.

— Não muito hoje em dia. Eu gosto daqui. Eu faço criações mais para famílias ricas agora. — Ela fez uma leve careta. — Menos ciência, mais arte.

Sol hesitou antes de formular sua próxima pergunta. Não queria arrastar Ami de volta para os lugares sombrios de seu passado, mas desejava saber uma última coisa.

— O que aconteceu com... com...

— O senhor Zamora? — Ami apontou para sua estante. — Segunda prateleira, o oitavo na fila.

Sol ergueu seu corpo cansado, pondo-se de pé, e encontrou o livro. A lombada era de um vermelho vivo, com letras douradas estampadas ao longo dela: *A Vida das Borboletas*, pelo doutor N. Zamora. Ela ficou boquiaberta e puxou-o para fora, segurando-o com cuidado.

— Ele terminou o livro?

Ami assentiu.

— E muitos mais, mas só comprei o que ele escreveu no orfanato. Eu não queria encher os bolsos dele.

— Por que você comprou este? — Sol torceu o nariz para o belo volume.

— Porque ele é bom — Ami respondeu simplesmente. — Ele me ensinou muito. E se eu puder extrair alguma coisa boa do meu encontro com ele, é melhor do que apenas coisas ruins.

Sol indignou-se.

— Ele deveria estar na cadeia.

A mulher soltou uma risadinha.

— Tenho a impressão de me recordar de alguém que não pensava muito diferente dele apenas algumas horas atrás. — O rosto de Sol corou, mas a expressão de Ami era gentil. — E, além disso, ele morreu há anos. Pelo que sei, viveu em uma prisão que ele próprio construiu perto do fim. Sua doença piorou cada vez mais... Foi bem punido, acredito eu.

Sol franziu a testa.

— Você parece quase ter pena dele.

— Eu sinto *muita* pena dele. — O rosto de Ami estava oculto nas sombras. — Ele não teve uma vida nem um quarto tão boa quanto a minha.

Houve um longo e profundo silêncio que bocejou quase tão amplamente quanto Sol o fez. Ami sorriu.

— Você deveria descansar um pouco, temos que partir daqui a algumas horas.

Ela acomodou Sol em sua cama baixa, ocupando ela própria a cadeira próxima à lareira. Não demorou muito para Sol cair em um sono que rodopiava e cintilava com borboletas.

QUATRO

Sol despertou com o cheiro de fritura. Ela se sentou, esfregando os olhos, admirada pela casa de borboletas não ter sido um sonho. A tratadora de borboletas olhou em volta e sorriu.

— Ovos ou frutas?

— Ovos, por favor. É esta?

— Esta o quê?

— A bacia, a bacia da sua *nanay*!

Ami baixou os olhos para os ovos.

— Bem lembrado. Sabe, eu nunca consegui tirar o gosto de alho dela.

Elas tomaram o café da manhã do lado de fora e comeram suas omeletes com um suave sabor de alho, observando as borboletas começarem a voar. A casa era ainda mais bonita ao nascer do sol, a luz pálida tornando as flores vermelhas mais vivas, as borboletas brilhando como pétalas extras sobre elas.

Quando terminou, Ami disse:

— Temos que ir. Não posso me atrasar para a minha palestra na escola. Só preciso colocar minhas roupas de trabalho.

Ela desapareceu no interior da casa e retornou alguns minutos depois em um terno masculino, com direito a colete e relógio de bolso de prata. Sol a encarou, perplexa.

— Gostou? — perguntou Ami, tirando um chapéu-coco de um gancho próximo à porta e colocando-o na cabeça, inclinando-a. — Comprei em Londres. É feito para o clima de lá, então, sinto um pouco de calor com ele, mas adoro o espanto que provoca nas pessoas.

Sol nunca tinha visto antes uma mulher trajando um terno, mas Ami estava maravilhosa.

Sol observou enquanto ela apanhava uma borboleta azul sonolenta em uma cúpula de vidro com base de madeira.

— Isso é um frasco mortífero? Como aquele que o senhor Zamora tinha?

— Eu encontrei um novo propósito para ele. — Ami sorriu. Debaixo da base ela colocara outro prato de madeira, com um buraco no qual uma erva fumegante poderia ser depositada. — É um frasco de repouso agora. Ele vai manter a borboleta calma. Preciso levar uma para mostrar na escola. Esse tipo é raro. Seria melhor se eles viessem aqui, mas você sabe como é o pessoal da cidade. Eles sempre acham que o tempo deles é mais importante do que o de qualquer outra pessoa.

Sol seguiu a mulher vestida de terno para fora da casa das borboletas até um estábulo que abrigava uma única e atarracada mula.

— Este é o Veneta — apresentou Ami, dando tapinhas no pescoço do animal. — Porque ele está sempre tentando me meter em uma aventura.

Enquanto Ami preparava a mula e a carroça, Sol correu para pegar de volta seu calçado. Subiu a colina, forçando as panturrilhas, mas encontrou no topo apenas a cesta lambuzada de uma gosma laranja, alguns fragmentos de couro e as fivelas de suas sandálias. Haviam sido devoradas e estavam irreconhecíveis. Esquadrinhando o terreno à sua volta, Sol viu uma fileira de formigas ocupadas em carregar cascas de laranja. Ela deveria saber que não se pode deixar comida na floresta.

Ela voltou quase em prantos para a casa.

— As formigas...

— Oh — disse Ami. — Eu deveria ter previsto isso.

— O que eu vou fazer? Não posso voltar sem as sandálias. A patroa as comprou há apenas alguns meses.

— Bobagem, você pode ficar com um calçado meu. — Ami entrou apressada e trouxe um par de sapatos de couro marrom-claros, amaciados pelo uso e só um pouquinho grandes para ela.

Ela abraçou Sol, que de repente estava se sentindo muita cansada e chorosa.

— Não chore. A culpa é toda minha, por mantê-la acordada até tão tarde com aquela história boba quando tudo que você precisava era de uma boa noite de so...

— Não foi nada boba! — assegurou Sol, indignada. — Estou feliz por ter me contado. Estou feliz por ter conhecido você, embora minhas sandálias tenham sido comidas.

— Também estou feliz por ter conhecido você. — Ami a soltou com delicadeza. — Acabo de ter uma ideia.

— Que ideia?

— Uma ideia boa. — Os olhos de Ami brilharam. — Mas não posso lhe contar ainda.

— Por que não?

Ami deu tapinhas na lateral do nariz. Sol a encarou, confusa. Ami repetiu o gesto e disse:

— Isso significa que é segredo, mas tudo será revelado.

— Sol a imitou e Ami riu. — Exato. Precisamos mesmo ir embora. Ainda mais porque preciso falar antes com sua patroa.

Elas subiram na carroça, e Sol se virou em seu assento para que pudesse assistir a casa sumir de vista por entre as árvores. Assim que desapareceu, poderia sentir que jamais houvesse existido, não fosse pelo caixote com as laranjas substitutas a seus pés, a mulher trajando terno ao seu lado e a borboleta cintilante como pedras preciosas em seu colo.

O caminho que pegaram pela floresta era tão tortuoso que Sol tinha certeza de que nunca o teria encontrado sozinha. Estar na casa das borboletas era como voltar no tempo, e agora, à medida que a floresta se estreitava e sua estrada se juntava a uma via pavimentada e movimentada, era como se o relógio tivesse avançado em velocidade dobrada.

Quando chegaram a Manila, as ruas já estavam apinhadas. Algumas pessoas viravam para olhar Ami em seu terno e chapéu-coco, mas a mulher apenas sorria e as cumprimentava erguendo-o. Sol supôs que ela estava acostumada a ter pessoas encarando-a. A menina começou a orientar Ami pelas ruas sinuosas até a casa da patroa.

— É aqui. — Sol indicou onde parar a carroça. Ami ergueu os olhos para a placa reluzente.

ORFANATO ESPERANÇA
AVENIDA, 20
MANILA
PROPRIETÁRIOS: SR. E SRTA. REY

— Eu preciso dar a volta por trás — explicou Sol —, para que Cook não me veja, ou estarei em apuros.

Ami estalou a língua.

— Besteira. Você deve vir pela frente comigo.

Ela enfiou a cúpula de vidro debaixo de um dos braços e deu a outra mão para Sol.

— Toque a campainha, por favor.

Sol, encorajada pela confiança de Ami, obedeceu.

Cook abriu a porta com uma colher de pau na mão, parecendo atormentada. O som de um bebê chorando chegou até elas. Seu rosto congelou em uma caricatura de choque quando ela assimilou o chapéu-coco da mulher, a borboleta e Sol ao seu lado, suja de terra e sorridente.

— Olá — cumprimentou Ami de maneira jovial. — Eu sou Amihan, tratadora e colecionadora de borboletas vivas. — Ela apertou a mão de Sol. — Sol encontrou minha casa ontem à noite. Ela se perdeu no caminho de volta do pomar de laranjas, se não me engano. E, se não se importa que eu diga, é um pouco descuidado de sua parte permitir que ela faça essa viagem sozinha.

— Eu... — Os olhos de Cook desviaram-se de Sol para Ami, pousando em seu chapéu-coco.

— Na verdade, eu gostaria de conversar com você sobre o futuro de Sol. Ela é uma jovenzinha brilhante, e acredito que tem todas as qualidades de uma tratadora de borboletas.

— Eu...

— Por favor, deixe-me terminar. Eu gostaria muito de discutir a possibilidade de treiná-la.

— Eu... — Cook estava apoiada contra o batente da porta, sua colher de pau empunhada contra a enxurrada de palavras de Ami, pingando caldo de carne.

Faíscas quentes se reviraram no estômago de Sol.

— Você não pode estar querendo dizer que...

Ami baixou os olhos castanhos e ternos para a menina.

— Sim, estou sim. — Ela voltou sua atenção para Cook. — E então?

Sol mal conseguiu pronunciar as palavras tamanho o sorriso estampado em seu rosto.

— Essa é a Cook.

— Oh, perdoe-me, eu pensei que você fosse a patroa — esclareceu Ami, fazendo uma profunda reverência.

Cook soltou uma risadinha, enxugando as mãos no avental manchado de gordura. — Será que posso falar com ela antes de ir para a minha palestra?

— Claro — respondeu Cook, parecendo cair em si. — Entre, por gentileza.

Ami soltou a mão de Sol quando elas entraram e no mesmo instante a menina sentiu-se um pouco menos corajosa.

— Eu vou lá buscá-la. Sol, você pode...

— A Sol fica aqui — disse Ami, com uma ponta de aspereza em sua voz.

Cook gesticulou para que a seguissem até a sala de estar da frente.

— Esperem aqui.

Sol sentia-se particularmente suja na sala imaculada, que a Patroa assim conservava para entreter mulheres ricas que vinham conversar amenidades e doar dinheiro para sua causa. Ami acomodou-se em uma poltrona de madeira entalhada com almofadas de seda, cruzando as pernas como um homem e aparentando estar tão confortável como se vivesse ali, não em uma casa no meio do mato coberta de asas. Depois de alguns momentos, Cook retornou sozinha.

— Ela não vem — a cozinheira disse se desculpando.

— Está ocupada com o bebê. Foi deixado na porta duas noites atrás, coitadinho, e não para de chorar.

— Então, terei eu que ir até ela — disse Ami, já se levantando e passando por Cook antes que ela pudesse reagir. Sol apressou-se para acompanhá-la, Cook logo atrás, enquanto elas seguiam o choro do bebê pelo corredor. Ami parou do lado de fora da porta do quarto de bebê e ergueu a mão para bater, mas congelou. Seu rosto moreno empalideceu.

— O que foi? — sussurrou Cook para Sol, mas Sol balançou a cabeça.

Ami levou um dedo aos lábios. Parecia que estava prendendo a respiração. Sob o choro do bebê, mal se podia ouvir a voz da patroa, que cantava baixinho e suavemente.

— Ouçam! — Ami sibilou. Sol ouviu com atenção. Era espanhol e ela não compreendia as palavras. Então, Ami começou a cantar junto em tagalo.

Arranje-me um barco e flutuaremos até o mar,
Venha, minha pequena, venha, podemos ser tanto.
O mundo é tão grande e há muito para olhar,
Venha, minha pequena, e flutuaremos, eu garanto.

O choro no interior do aposento diminuiu e o canto parou.

— Quem está aí? — perguntou uma voz ríspida.

Passos rápidos se seguiram e, quando a porta se abriu, Sol recuou desajeitada.

O patrão estava parado à porta. Ao ver Ami, a cor sumiu de seu rosto. Eles se entreolharam e ao redor deles instalou-se um silêncio tão absoluto e profundo que Sol sentiu que poderia ser tragada por ele.

— E então? — disse a voz da patroa. — Quem é, Kidlat?

O nome ecoou com força no peito de Sol. Ela nunca tinha ouvido o primeiro nome do senhor Rey e, até aquele momento, jamais se importara com isso. Mas agora tudo se revelava — tão claro e brilhante como a luz do dia.

O senhor Rey voltou para o quarto e, um instante depois, a patroa apareceu na soleira da porta, o bebê que se acalmava encaixado no quadril, os cabelos claros despenteados. Atrás de Ami, Sol viu seus olhos claros se arregalarem enquanto seu rosto assumia uma expressão de incredulidade. Ela levou a mão enluvada à boca.

As duas mulheres se entreolharam, o tempo se arrastando no instante congelado. Então, a patroa passou com cuidado o bebê, uma garotinha, para o senhor Rey, que a pegou, confortando-a baixinho com palavras tranquilizadoras. Por fim, Ami deslizou e removeu a luva da patroa de sua mão, que Sol pôde ver que era atrofiada e nodosa.

— Olá, Mari — disse a tratadora de borboletas.

Sol percebeu o que viria a seguir, com a claridade resplandecente de um céu depois da chuva: a vida de que

Mari falara certa noite na Ilha Culion, tantos anos antes. *Algum lugar com árvores, flores, frutas e um rio.* Uma casa com Ami, no coração de uma floresta, com paredes vivas e resplandecentes de borboletas.

NOTA DA AUTORA

A ficção às vezes atinge o seu auge quando há fatos em seu âmago. A Ilha Culion é um lugar real nas Filipinas, e de fato tornou-se a maior colônia de leprosos do mundo entre 1906 e 1998. (Eu uso a palavra "leproso" a contragosto, pois é considerada tabu por muitas pessoas que viveram em tais colônias com quem conversei.)

A lepra se espalhou por milênios na Ásia, na África e na Europa, até que uma cura foi desenvolvida e disponibilizada em nível mundial na década de 1980. Os casos ainda chegam a centenas de milhares, mas muitos deles são curados. É uma condição que gera um alto grau de estigma, associada à sujeira e ao pecado, quando, na realidade, trata-se apenas de uma doença bacteriana. É muito difícil de pegar e não pode ser transmitida por meio do toque.

Somente entre os anos de 1906 a 1910, 5.303 homens, mulheres e crianças foram transportados para a Ilha Culion.

As vidas das pessoas foram dilaceradas por esta migração forçada — cada um desses indivíduos tinha uma vida, uma família. Alguém que sentiria falta deles. Assim, decidi escrever uma história que situasse o leitor no centro da experiência, pelos olhos de Ami, uma menina que foi tirada de sua mãe e quer encontrar o caminho de volta para casa.

As histórias costumam ficar melhores se você deslocar a realidade o suficiente para permitir que entre um pouco de imaginação, por isso, tomei certas liberdades com a cronologia dos eventos, os nomes e, às vezes, até a geografia. Mas me mantive fiel às pessoas e ao lugar, e tentei mostrar que nunca se é uma coisa só: pessoas ruins podem produzir coisas bonitas; pessoas boas podem cometer erros graves.

As pessoas que tiveram a ideia de transformar Culion em uma colônia não eram más — mas enxergavam os habitantes da ilha, de fato, como leprosos antes de vê-los como seres humanos. Quando você reduz as pessoas a uma característica — seja raça, religião, quem elas amam —, e não recua um pouco para enxergar a pessoa como um todo, é muito fácil tratá-las como menos do que seres humanos.

Ainda é possível visitar a Ilha Culion. É possível ver a águia, a igreja, o hospital, embora os pacientes já tenham partido há muito tempo. Pode ter sido conhecida como a ilha dos mortos-vivos, a ilha sem volta ou, como escolhi chamá-la, a ilha no fim de tudo. Mas, para mim, e para Ami, foi também o começo de tudo.

Kiran

AGRADECIMENTOS

À minha família, que me nutriu com palavras gentis e alimentos quando eu me sentava à mesa dos meus avós em Norfolk, digitando freneticamente esta obra, meu segundo romance, enquanto as críticas negativas ao meu primeiro apitavam na minha caixa de entrada. Obrigada por nem sequer piscarem de perplexidade enquanto eu sorria maniacamente e explicava durante o jantar que os temas principais do livro eram "lepra" e "borboletas". Agradeço especialmente à minha mãe, Andrea, que leu pelo menos cinco rascunhos e se controlou para não tirar muito sarro da minha ortografia.

Aos meus amigos e familiares em todo o mundo que compraram uma quantidade absurda de exemplares de *A Garota que Lia as Estrelas*, e que perguntaram quando o próximo romance sairia. Sou profundamente grata. Espero que tenham gostado dele — ainda mais você, Sabine!

Aos meus leitores beta e sensíveis: Andrea Millwood Hargrave, o pessoal do Unruly Writers, Sarvat Hasin, Daisy Johnson, Joe Brady, Janis Cauthery, Tom de Freston, Claire Donnelly, Hazel da staybookish.net e Louise Gornall.

À comunidade de amantes de livros que tanto *on-line* como em carne e osso tem defendido a mim e meu primeiro romance e me encorajado com meu segundo: Malorie Blackman; Fiona Noble; Abi Elphinstone; Claire Legrand; Lucy Lapinski; Emma Carroll; Lucy Saxon; Carrie Hope Fletcher; Anna James; Katherine Webber; Pie Corbett; Mathew Tobin; Steph Elliot; Stevie Finegan; Sally, The Dark Dictator; Mariyam Khan e tantos outros mais (vocês sabem quem são!). Aos meus leitores e aos livreiros que tornaram o último ano o melhor da minha vida, apesar do Brexit etc., em especial, James, Rebecca, Alex e Paul da Blackwells, Zoe, Dani e Rachel da Waterstones Oxford e Florentyna.

A Melinda Salisbury, que me levou para ver as borboletas.

À Chicken House e a todos os que a integram: Elinor, Kesia, Esther, Laura M, Laura S, Jazz, Rachel H e meus editores Barry Cunningham e Rachel Leyshon. A Rachel Hickman e Helen Crawford-White por mais um projeto gráfico deslumbrante. Aos meus colegas de Chicken: M. G. Leonard, Maz Evans, Lucy Strange, James Nicol, Ally Sherrick, Natasha Farrant, Sophia Bennett, Louise Gornall e Catherine Doyle — seus livros proporcionam fuga, alegria e inspiração imensas.

A Maya e Mary Alice, parceiras no crime (e no vinho).

A Oscar, Noodle e Luna. Não, eu não pirei de vez — eu sei que os gatos não sabem ler (não é?) —, mas este livro não poderia ter sido escrito sem um de vocês ronronando no meu colo de vez em quando.

A Sarvat, Daisy, Laura e Jessie — idem: sem nossos encontros literários, este livro não teria existido. Ainda estou triste por nenhuma de vocês ronronar no meu colo.

A todos na Janklow & Nesbit, tanto no Reino Unido quanto nos Estados Unidos. Em particular, a Hellie, por segurar minha mão a cada passo e ser uma voz em que sempre posso confiar, e a Kirby, por responder a todos os meus *e-mails* neuróticos.

Por fim, agradeço infinitamente a Tom, a inspiração para uma amável criança que via o mundo de uma forma um pouco diferente. Obrigada por ler cada uma das palavras deste livro em voz alta para mim e por fazer todas as vozes. Estou tão animada para compartilhar futuras aventuras com você, meu marido, e meu melhor amigo para todo o sempre.